無限のスキルゲッター！ 3

毎月レアスキルと大量経験値を貰っている僕は、異次元の強さで無双する

ALPHALIGHT

まるずし

maruzushi

アルファライト文庫

登場人物紹介
ルク
伝説の幻獣
『キャスパルク』。
モフモフで
可愛(かわい)らしい見た目
だけど超強い。
ユーリ
神様の娘を救った
お礼に毎月倍々の
経験値を貰(もら)えるようになった
本作の主人公。
無限の経験値とスキルで
のんびり最強を目指す。
シェナ
マグナの妹で、
地上最強の退魔師。
姉同様(?)恋愛に
関しては奥手な
タイプ。
マグナ
最強の冒険者
『ナンバーズ』の一員。
実は彼氏いない歴
=年齢……?

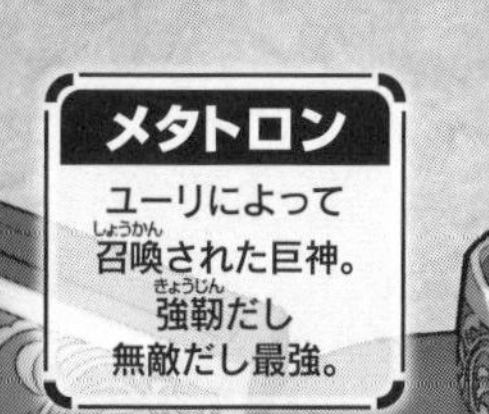

リノ

ユーリの幼馴染み。
妙に感覚が鋭いことを除けば、
普通の心優しい少女。

メジェール

伝説の称号『勇者』を持つ少女。
ユーリにただならぬ力と
運命を感じ、行動を共にする。

フィーリア

ユーリの住むエーアスト国の
王女様。なぜかユーリを
慕っている……病的なまでに。

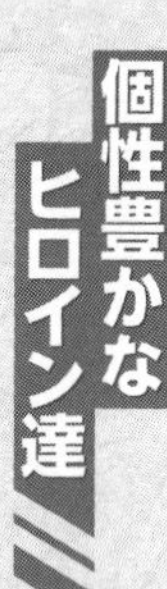

ソロル

凛々しいアマゾネスの女戦士。
ユーリの強さに惚れ込んで
仲間となる。

フラウ

どこか抜けている
エルフの冒険者。テンションが
上がるとすぐ気絶してしまう。

第一章　愚王の国

1. 無法者たち

僕、ユーリ・ヒロナダは、女神様を助けたことによって、大きな恩恵を授かった。

毎月とてつもない経験値と、非常にレアなスキルをもらえるようになったのだ。

そのおかげで人生順風満帆に過ごせるかと思っていたところ、なんと魔王軍の罠にハマってしまい、幼馴染みのリノ、フィーリア王女と共に、故郷のエーアスト国を追われることになる。

絶望的な状況の中、豊富な経験値と強力なスキルに助けられ、僕らはなんとか活路を見出す。

アマゾネスのソロルやエルフのフラウがパーティーに加わり、離ればなれになっていた勇者メジェールとも合流。

そして伝説の幻獣である『キャスパルク』のルクと、地上最強のドラゴン『熾光魔竜』も仲間となった。

頼もしい味方がどんどん増え、反撃の準備は着々と整いつつある。

エーアスト奪還まであともう少しの辛抱だ。

僕は心に闘志を燃やしながら、ドラゴン退治のために訪れていたヴィルカーム山脈をあとにした。

ここまで来るのに巨大ゴーレムを使ったけど、帰りはゼインの背に乗って移動している。

来るときには丸三日以上かかったが、ゼインはなんと一時間ちょっとでその距離を飛行した。

これ、ゼインがその気だったら、あっという間に世界は火の海だったなあ。

まあゼインは別に世界を滅ぼす気なんかないらしいし、大昔に暴れたというのも、人間のほうから仕掛けてきたので、その報復をしただけとか。

ゼインは地中で永らく眠っていたけど、ふと不穏な予兆を感じ取り久しぶりに起きてうろついていたら、ドラゴン退治の現場に遭遇したということだ。

一応、同族であるドラゴンを助けたかったらしい。

改めて、ドラゴンたちを殺して悪いことをしちゃったな。テイムした子も、すぐに僕たちのために犠牲になっちゃったし……

でもそのおかげで、討伐メンバーは無事全員生き残ることができた。亡くなったドラゴンたちの分まで、ゼインを大事にしてあげようと思う。

なお、僕が倒したドラゴン五頭分の経験値は、その場にいた討伐メンバー十一人全員に分配された。結果として一人頭230万ほどを獲得。

これでリノたちもさらに強化ができそうだ。

留守番しているメジェールも喜んでくれるだろう。

……と、僕たちがヴィルカーム山脈から数日ぶりに帰ってみると、なんと予想外のことが発生していた！

「何よアレ⁉　何が起こってるの？」

「なんだいったいアイツらは……？」

ゼインの背から地上の様子を見て、リノとソロルが叫んだ。

住処を百名ほどの兵士が取り囲んでいたのだ。

兵士たちの前には、メジェールとストーンゴーレムの姿もある。

僕の不可視結界に惑わされず、準備万全でここへ来ているというのは、つまり住処の場所をあらかじめ知っていたってことだ。

ひょっとして、魔王討伐隊が僕を始末しにやってきたのか⁉

アマトーレ国はここら一帯を恐れていたし、危険を冒してまでわざわざ来ないものとタカをくっていたけど、少し認識が甘かったかもしれない。

とりあえず上空からでは詳細が分からない。すぐに助けに行かないと！

「リノたちはこのままゼインの上で待ってて！」

「了解よ！　気を付けてね」

僕はゼインの背から飛び降りた。

◇◇◇

「だから魔王なんていないって言ってるでしょ！」

「ウソをつくな！　やましいことがないなら、その巨大な建物（たてもの）をオレたちに調（しら）べさせてみろ！」

「そうだ、ぐひひっ、いったい何を隠（かく）してるのかなあ？」

「何も隠してなんか……」


ヒュウウゥゥウンンン…………ズドーーーン‼


「な、なんだっ⁉　何か落ちてきたぞ？」

僕は一刻も早く助けに向かうため、スキルレベル10の『飛翔（フライ）』を全力で使って下降し、地面に激突する勢いで着地した。

「何よいきなり……って、ユーリじゃないの⁉　なんで空から降ってきたの？」

　メジェールが降りてきた僕を見て、驚きの声を上げた。

「ただいまメジェール。遅くなってゴメンよ、大丈夫だった？　この人たちはどうしたの？」

「ああ、なんか知らないけど、住処の中を見せろってしつこくて……詰め寄られてただけだから全然平気だけど、そろそろ我慢の限界で、こいつら全員叩き帰そうと思ってたところよ」

　メジェールが暴れる前に間に合って良かった。

　メジェールがこんなヤツらに負けるはずないけど、まあ手加減を知らない子だからな。

　それこそ、収拾のつかない事態になっていたかもしれない。

「なんだ貴様は⁉」

「僕はここの主ですが、何か用ですか？」

「あるじだとぉ？　お前のようなガキが？」

　メジェールに詰め寄っていた兵士が、僕を見て怪訝な顔をした。

　あれ、僕が魔王だという噂を知って討伐しに来たんじゃないのか？

　そういや、魔王の情報は一般国民には知られてないってシャルフ王が言っていたけど、この兵士たちも知らないで来たのかな?

その兵士が続けて話す。

「ここに山賊のお宝があることは分かってんだぜ。それに女たちもいるんじゃないのか? 痛い目に遭いたくなかったら、さっさとオレたちを中に入れろ!」

「……どこでその情報を?」

「王から直々の命令を受けたんだ。何者かが魔王のフリしてこのアジトを占拠してるから、宝と女を奪ってこいとな」

王様から直接?

フリーデンのシャルフ王がそんなこと命令するわけないし、アマトーレか?

しかし、あのアマトーレがこんな強引な策に出るなんて、少し違和感がある。

ひょっとして……?

「あなたたちはどこの国の方ですか?」

「ああん? ゼルドナに決まってるだろ!」

やはり! ゼルドナだった!

ゼルドナは、この住処の周りにある国のうちの一国だ。

他国は比較的平和主義として知られている中、ゼルドナは非常に好戦的で、周辺国との問題が絶えない。

武力衝突することも少なくないほどだ。

そしてゼルドナ王の独裁国家でもある。

王様は国民から莫大な税を徴収したり、生産物を強引に取り上げたりとやりたい放題で私腹を肥やして、日々贅沢三昧しているという噂だ。

僕らがアマトーレから逃げたとき、ゼルドナには行きたくなかった理由がコレだ。

「どうしてこの場所が分かったんですか？　そう簡単には見つからないはずなのに」

「へへっ、オレたちの王がここらの情報を全て知っていたのさ。お宝と女たちが結界の中に隠れているって」

なるほど……

これは推測だが、『剣聖』イザヤたちが僕らの情報を流し、それを知ったゼルドナ王が、山賊の宝や被害女性の存在に思い当たったんだろう。

魔王の噂については、きっと半信半疑なはずだ。信じていたら、兵士をここに送るなんてことはしないだろうからな。

とりあえず、様子を探りに来たってところか。

あわよくば、そのまま財宝を奪い取ろうという魂胆だったに違いない。

ここのだいたいの場所が分かれば、僕の不可視結界があっても侵入は可能だ。

「おら、そこをどきやがれ！　邪魔するとぶっ殺すぞ！」

怒鳴りつけてくる兵士に、僕は冷静に話しかける。

「魔王のフリではなく、本当に魔王がいるとは思わなかったんですか？」

「なぁにが魔王だ？　ヒャハハ、そんなヤツ、このオレたちが退治してやるぜ」

「お宝と女はオレたちがもらっていく」

「確認しますが、皆さん全員が同じ意見ですか？　もし無理矢理命令に従っている人は、ここから去ってください」

「ばーか言ってんじゃねえ！　オレたちを誰だと思ってんだ！」

「泣く子も黙るゼルドナ強奪隊だぞ。オレたちが各地で金や女を奪って王に献上してるんだ」

「フヒヒヒ、どんな女がいるのかなあ？　王に差し出す前にオレたちが味見してやる」

その言葉を合図に、その場の兵士たちが下品な笑い声を上げた。

「まるで山賊ですね」

「けっ、あんなヤツらと一緒にするんじゃねえぜ。オレたちは王の許可のもとにやってるんだ。何もやましいことはねえっ」

「では、魔王に逆らったことを後悔しませんね？」

「ああ？　魔王なんて少しも怖くねえ。今すぐその魔王ってヤツをここに呼んでこい！」

「僕がその魔王だ！」

僕はイザヤたちを脅(おど)した『界域魔法』――『四死神酷虐葬送(トーテ・ベグラーベン)』を撃(う)ち放つ。

直後、兵士たちの周りに巨大な四人の死神王が浮上し、彼らを結界内に封(ふう)じ込めた。

「お前たちの命、全て死神王に捧(ささ)げよう。あの世で悔(く)いるがいい」

「こっ、はっ、ひいいいいいいっ……⁉」

「な、な、なんだコレはっ⁉」

「し、死神王だとっ？　ばかな、そんなばかなあああっ」

兵士たちは、あまりの恐怖(フィアー)状態に失禁(しっきん)する。それどころか、泡(あわ)を吹いて完全に気絶(きぜつ)した者もいた。

充分脅かしたところで、死の攻撃が発動する前に魔法をキャンセルする。

そして死神王たちは地面へと還(かえ)っていった……

「お前たちはこの魔王の怒りに触(ふ)れた。次にここへ来たら、ゼルドナを滅ぼすぞ。いいか、分かったらそれを王に伝えろ」

「ひょわっ、わきゃりまひたっ、に、二度ときまひぇんっ」

……というやりとりのあと、何故(なぜ)か兵士たちが誰も逃げない。

なんだ？　まだ何か用があるのか？

「どうした、逃げないのか？　なら本当に殺すけど？」

「ま、待て、待ってふれ、こ、こ、こひが抜けて一歩も動けんのだ……」

ありゃ、そうでしたか。

でもそのままここにいられても邪魔だな。

「分かった、なら逃げる必要がないように殺してやろう」

「い、行く、行きます、今すぐに去りますうううっ」

もう一度脅したら、みんな四(よ)つん這(ば)いでヨタヨタと逃げていった。

これだけやれば、もう二度と来ないだろう。

ただ、完全に場所がバレちゃったし、今後のことを少し検討しないとな。

「ぬぁっ、なんなのよこの怪物はあああぁぁっ!?」

上空から降りてきたゼインを見て、メジェールが絶叫(ぜっきょう)した。

「ヴィルカーム山脈で仲間にしたんだ。彼は伝説のドラゴンなんだよ」

「そ、そりゃそうでしょうよ、こんな巨大なドラゴン見たこともないわよ」

あの強気なメジェールが、ゼインを見て珍(めずら)しく慌(あわ)てている。

さすがに驚いたようだ。

「エンペラードラゴンだよ。その中でも史上最強と言われてる『熾光魔竜』さ」

「レッドエンペラー⁉　って、おとぎ話の？」

「知ってるの？」

僕は『熾光魔竜』ゼインの伝説を知らなかったけど、メジェールは知っているみたいだ。

「子供の頃に聞かされたわよ。普通より百倍も大きい真っ赤なドラゴンがいて、悪い子にしてると世界を滅ぼしちゃうって」

百倍って……ゼインはそこまで大きくないけど、まあおとぎ話だから誇張されているんだろうな。

実際、エンペラードラゴン自体がすでに絶滅したと思われているレベルだし、ましてやゼインのことは、遙か昔すぎて存在すら疑われていたくらいだ。

「ほほう、そこの少女は我のことを知っておるようではないか。なかなか感心な少女だ」

「わわっ、ド、ドラゴンが喋った⁉　どどどういうこと⁉」

ゼインの念話を受けて、あたふたするメジェール。

「テレパシーだよ。クラスメイトにも使えるヤツがいただろ？　ゼイン、このメジェールは今の勇者なんだよ。ちなみに、お前が思ってるほどイイ子じゃないぞ」

「ふむ……なるほど。あるじ殿ほどではないが、強い力を感じるな」

ゼインはメジェールの潜在能力を感じ取ったようだ。

まあメジェールが真に覚醒すれば、ゼインよりも強くなるからね。

「ユーリってば、こんな凄いの仲間にしちゃったの？　もう敵なしじゃん！」

「いや、そうでもないよ。魔王のほうが強いし、それにゼインより強いドラゴンが魔王の部下にいるってさ」

「口惜しいがな。確かに我よりもヤツらは強い」

「なぁんだ、こんなにデカイのに意外と見かけ倒しなのね」

外見からゼインを過大評価しすぎたようで、メジェールは落胆したように毒づく。

相変わらず口が悪いなあ……悪気はないんだろうけど。

「あるじ殿、なんだこの少女は！　この我を見かけ倒しなどと……！」

「だから思ってるほどイイ子じゃないって言っただろ」

「失礼ね。正直に言っただけじゃない」

「ぬおおおお、ならば我の力を見せて……」

ゼインは少々自尊心を傷付けられたみたいで、大きく翼を広げたあと、空に向かってゴオオと咆哮を上げた。

どうやら凄いところを見せてやりたいらしい。

伝説の竜のクセして意外と可愛いとこがあるな。

「ゼイン、力を見せるのはまた今度にしてくれ。メジェール、僕はこのゼインを連れてエーアスト奪還に行こうと思ってるんだけど、どう思う？」

このあとの計画について、メジェールの意見を聞いてみる。

「いいんじゃない？　多分勝てるわよ。アタシもいるしね」

メジェールの返答を皮切りに、みんなも威勢よく言葉を続ける。

「わたくしたちもいますわ」

「オレに任せろって！」

「ご主人様にワタシの活躍をお見せシマスよ！」

「そうね、全員で戦おう！」

フィーリア、ソロル、フラウ、リノ……みんなの感情が一気に燃え上がる。

だけど、彼女たちを危険に晒すわけにはいかない。

「いや、みんなにはここで留守番していてほしい。エーアスト侵攻は僕一人でやるつもりだ」

「待ってよ、あそこにはクラスメイトたちもいるわよ？　アタシほどじゃないにしても、彼らもパワーアップしてると思うし、謎の力もあるんでしょ？」

……確かに、メジェールの言う通りかもしれない。

さすがにメジェールほどではないが、クラスメイトたちもおかしな強さを持っていた。

もし洗脳による成長力が僕の想定以上なら、意外な苦戦も考えられる。

場合によっては手加減できず、クラスメイトたちを皆殺しにしなくちゃならない展開も……

極悪非道な山賊ならいくらでも殺せる。

しかし、操られているクラスメイトを、僕は容赦なく手にかけられるだろうか？

それに、イザヤたちの動向も気になる。

もし彼らも洗脳でパワーアップしていたら、前回のように簡単には勝てないかもしれない。

ヴァクラースたちの力も未知数だし、セクエストロ枢機卿の正体が、あのゼインよりも強いという『始祖の竜』という可能性もある。

その場合は、恐らく一筋縄ではいかないだろう。

まさか『異界無限黒洞』を使って大勢の国民を巻き込むわけにもいかないし……

う～ん……僕一人ではさすがに手に余るのかなあ。

なんとか巻き添えを出さずに、上手いことヴァクラースたちだけ倒せないものだろうか。

ゼインが仲間になったとはいえ、ちょっと短絡すぎたかもしれない。

頭を少し冷やして、もう少し作戦を練ることにしよう。

「とりあえず、みんなが無事帰ってきたお祝いをしましょ。何があったのか、そのときに聞かせてもらうわ」

メジェールの提案で、その夜は全員でパーティーをすることに。

メジェールと一緒に留守番をしてた女性たちが、腕によりをかけて料理を作ってくれる。

それをワイワイ食べながら、今回経験した色々な出来事をみんなに話す。

大変なドラゴン退治の旅だったけど、楽しい時間を過ごせて疲れが一気に吹っ飛んだ僕らだった。

◇◇◇

戦略についていい策も見つからないまま、数日が過ぎてしまった。

余計な被害者を出さずに国を奪還するっていうのも、なかなか難しいものだなあ。

メジェールたちも何かの度に集まっては、色々と作戦を検討してくれてるようだ。

ただ、何やら和気あいあいとした雰囲気で盛り上がってるから、ちゃんと真面目に考えてるのかは微妙だけど。

ちなみに、ゼインはそれほど食事を必要としないようで、大型草食獣キングボアーを一頭与えれば数日は大丈夫だった。

あれほどの巨体だから、さぞやたくさん食べるのかと思ったけど、大気中にある魔素を吸収すれば体調は維持できるらしい。

ほかの竜族も、その体格に比べると驚くほど少食なのだとか。

なんにせよ、大食いじゃなくて助かったよ。

そして本日も普段通りみんなでレベリングに出掛けていると、留守番をしていたメジェールから『魔導通信機』で連絡が入った。

『魔導通信機』は『魔道具作製』スキルレベル10で作ったモノで、このアイテムを所持する者同士で連絡が取れるという、大変便利な魔道具だ。

「どうしたのメジェール、何かあったのかい？」

「それがね、またアイツらが来たのよ！」

「なんだって⁉」

メジェールからの報告を聞いて、急いで住処まで戻ってきてみれば、なんとまたしてもゼルドナの兵士たちが取り囲んでいた！

いったいどういうことだ⁉　先日あれほど脅したのに！

以前同様の状況に、メジェールは怒りで爆発寸前といった様相だ。

まずい、メジェールが暴れる前に、なんとか収めないと！

僕たちは慌てて騒動の元に駆け寄る。

「今度はいったいなんの用ですか？」

「おお、来た来た、お前が噂の魔王なんだって？　まったく馬鹿げた話だぜ」

　この態度からして、新しくやってきたのは先日とは別の兵士であるようだ。

「この前の兵士たちに僕らのことを伝えるようにお願いしたんですが、何も聞いてないんですか？」

「あ〜本物の魔王がいたって泣き叫んでたぜ。笑っちまったよ」

「まったくだ、こんなガキ相手に逃げ帰ってきたとはな」

「それを信じなかったんですね？」

「当たり前だ。オレたちをあんな役立たずな強奪隊と一緒にするなよ。怖いモノなんかねえんだ」

「ヤツらは汚れ仕事を任されていただけのクズだ。だが我らは違う。誉れ高いゼルドナ第一騎士団だからな」

　なるほど……わざわざ魔王と偽ってまで脅したのに、全然伝わってなかったってことか。

　いや、伝えたのに信じてないのか。どうしようもないヤツらだな。

「一応確認しますが、素直に帰る気はありませんか？」

「バカ言ってんじゃねえ！　早いとこ女と宝を出しやがれ！　さもないと、お前らただじゃおかねえぞ」

「後ろにいるお嬢ちゃんたちも可愛いじゃねえか、全員オレたちがもらってやるぜ」

「そうですか……忠告はまるで意味がないようですね。なら、魔王の力を思い知れ！」

僕は『竜笛』を吹いた。

コレは『魔道具作製』スキルで作った魔道具だけど、そんなに大したものじゃない。

竜族のみに聞こえる音を発するだけのアイテムだ。

だが、コレを聞いたゼインがすぐさま飛んできた。

ゼインは普段、近くの山で休んでいて、『竜笛』で呼ぶと駆けつけることになっている。

最初は小さかった影がみるみるうちに大きくなり、ゼインが空から地上へと舞い降りた。

「おがあああっ……な、なんだこの巨大なドラゴンはっ⁉」

「でかい……デカすぎるぞ！」

「こ、こ、こんなヤツ、見たことねえっ」

ゼルドナ第一騎士団と名乗った男たちは、目の前のゼインを見上げて真っ青な顔になる。

あまりの恐怖に、その場から逃げることすらできないようだ。

「あるじ殿、何か用か？」

「彼らは怖いもの知らずなんだってさ。ゼイン、ちょっと脅かしてやれ」

「承知した」

僕の命令を受けて、ゼインが『輝炎息吹』を地平線目掛けて吐く。

それは二百メートル以上先まで軽々届き、その余波が男たちの頬を熱く撫でた。

「ひっ……ひぎっ……」

「魔王の力を知ったか？　次は皆殺しにする。今すぐ立ち去れ！　そしてお前たちの王に告げろ。魔王がお前を許さないとな」

「ひゃいっ、お、おつたえひまひゅうぅ～」

またしても腰が抜けた兵士――いや、騎士団だったか。

彼らはもがくように必死に後退し、待機させていた馬にしがみつき、ほうほうの体で逃げ去った。

ゼルドナか……懲りない国だ。

まさか、このあともまた来るなんてことは……

怒りと勢いに任せたこともあり、つい自分は魔王だって言っちゃったから、次は本気で討伐しに来ることも考えられる。

うーん、今さらだけど我ながら失言だったか。

しかし、ああでも言わないと、前回も今回も引き下がってくれそうもなかったし。

ひょっとすると面倒なことになっちゃうかもなあ……

「ねえユーリ、戦略についてイイこと思いついちゃった！」

メジェールが最高の作戦を思いついたというような晴れ晴れした顔で、僕に策の提案をしてきた。

　こんな上機嫌になるくらいだから、余程いい案を思いついたに違いない。

　僕はメジェールの次の言葉を待つ。


「ゼルドナを攻め取っちゃおうよ！」


　なぁぬ〜っ⁉

　メジェールはいったい何を言ってるんだ⁉

「なるほど、それは名案ですわ！」

「いいねえ。そういう考えアマゾネスは大好きだぜ！」

「ユーリ、それ以外ないよ！」

「ソウデスご主人様、援護は任せてクダサイ！　ワタシの弓が火を噴きマスよー！」

　僕が驚愕する一方で、なんかみんなはノリノリだ。

　名案を思いついたというメジェールの作戦を聞いてみれば、なんとゼルドナを奪うということだった。

　しかし、エーアストじゃなくて何故ゼルドナ？

　どうせ攻めるなら、エーアストのほうがいいんじゃないの？

「いい、ユーリ？　現状では、エーアストを攻めるには手が足らない。やっぱり数は力よ。こっちも軍を持つことによって、相手の動きを制限できる」

「そうかな？」

「そりゃそうよ！　ユーリ一人で攻め込んだら、相手の好き勝手にさせちゃうでしょ。でも大軍で行けば、クラスメイトたちだってそう簡単には自由に動けない」

「一理あるけど……軍を使って攻めこむと、兵士たちにも大きな被害が出ちゃうんじゃ？」

「兵士たちは連れていくだけで戦わなくていいの！　相手の行動を抑制させるためのハッタリよ。戦うのはアタシたちだけ」

なるほど。実際に戦わせるのはともかくとして、こっちもそれなりに戦力を率いれば、抑止力になるということか。

兵士が多ければ多いほどハッタリも利く。そうすれば、こっちの行動にも自由が生まれる。

上手く牽制できれば、無駄な被害を減らせるというわけだ。

いや、でも……

「僕たちがゼルドナに攻め入ったら、世界が混乱しないかな」

「そりゃするでしょ。でも考えてみて。預言によれば、これから世界の各地に魔が降臨するんでしょ？　魔が一つ降臨する度にそこへ対応しに行ったら、後手後手になるわよ？

だけどアタシたちが国を管理していれば、すぐに対策が取れる。そう考えると、可能な限りユーリは多くの国を支配下に置くべきだわ」

「そうか……確かにその通りだ」

ヴァクラースたちだけじゃなく、預言では今後次々と魔が現れる。

その度に現地と交渉（こうしょう）しては、対策が遅くなる一方だ。回りくどいことをしていたんじゃ、とても間に合わない。

ましてや、万が一にもどこかの国が魔王軍に攻め落とされたら、最悪の事態となりえる。

言い方は悪いが、先に僕が支配していたほうが安全だろう。

今回のゼルドナも、いちいち返り討ち（う）にしても状況が改善しない。むしろ、このままではどんどん悪化していく気がする。

いっそ奪ってしまったほうが、一石二鳥（いっせきにちょう）にも三鳥（さんちょう）にもなる……ってことか。

それと、これは現ゼルドナ王の罪ではないけど、数十年前に『生命譲渡（サクリファイス）』のスキルが出現したとき、それを利用したのが前ゼルドナ王――現国王の父なんだよね。

他人の命を利用することに全世界から非難（ひなん）を浴（あ）びたらしいんだけど、前国王も独裁者（どくさいしゃ）だったため、強引に『生命譲渡（サクリファイス）』を私的利用した。

『生命譲渡（サクリファイス）』の保持者はずっと幽閉（ゆうへい）されたまま生かされ続け、そしてスキルを使わされて死んだ。

そのとき生き返ったのが、当時子供だった現国王なのだ。

一度死んで命を拾ったからか、現国王はわがままで無茶ばかりするようになった。

僕も一度死んで生き返っただけに、死生観が大きく変わる気持ちは分からないでもない。

とにかく、独裁者として暴虐非道な行動を繰り返し、今や完全に恐怖政治の象徴となっている。

そういうこともあって、ゼルドナを奪うことにそれほど嫌悪感は湧いてこない。

僕の考えを読み取ったのか、メジェールはクスッと笑った。

「ユーリの頭もだいぶ柔らかくなったわね。以前なら、こんな強引な策は絶対却下だったでしょ。『眷女』のみんなに感化されちゃったのかもね」

「そうだね。リノやフィーリアたちの無茶にはずいぶん付き合わされたから」

僕の言葉にリノが頬を膨らませた。

「あら心外ね、私たちがいつ無茶なんてしたのよ？」

リノの言葉のあとにフィーリア、ソロル、フラウも続く。

「そうですわ。この作戦だって、ユーリ様が世界征服したらなんて素敵なことなのかしらって思っただけですし」

「だな。世界がユーリ殿に跪く姿なんて、ビンビン痺れるぜ！」

「そしてワタシも大活躍できるってことデスね！　う～ん腕が鳴りマス！」

やっぱり彼女たちは普通の少女じゃないな。

でもいつだって勇気をくれる。

「ユーリ様、ゼルドナを奪うことにもう一つ利点がありますわ」

「え？　それはなんだいフィーリア」

「ゼルドナの奥にはパスリエーダ法王国があります。ユーリ様がゼルドナを管理していれば、魔の者もおいそれとは法王国に手を出せないでしょう」

おお、フィーリアが初めてまともなこと言った⁉

確かにその通りだ。僕がゼルドナを持っていれば、法王国を守る壁になれる。

ゼルドナの周りには、西にパスリエーダ法王国、東にアマトーレ国、北西にディフェーザ国、そして北東にはシャルフ王の治めるフリーデン国がある。

ゼルドナはこの全方位にケンカを売っていたので、大変迷惑な国だった。

これらの国の位置関係からして、アマトーレのさらに東にあるエーアスト魔王軍が法王国を攻めようと思ったら、ゼルドナを通るのが最短だ。

つまりゼルドナは法王国を守る拠点となり得る。

それを考えても、次の魔が降臨する前にゼルドナを管理していたほうが都合がいい。

「あとねユーリ、他国は魔に汚染されたエーアストのことを信じちゃってるから、このままだと何も知らないまま敵に利用されちゃうかもしれない。場合によっては、他国を人質みたいに使われたりするかもよ？　それを防ぐためにも、ユーリが獲っておいたほうがいいよ」

なんだ？　リノまでまともなこと言い始めた⁉

ひょっとして、この子たちって本当は頭がいいんじゃ……？

「そうだユーリ殿、他国に自由に動かれては、むしろ敵の思うつぼだ」

「ソウデス、どうせワタシたちの言うことなんて聞いてくれないのデスから、いっそ世界征服しちゃいまショー！」

おおお、なんか僕、上手いこと説得されちゃったぞ。

確かにみんなの言う通りで、他国に勝手に動かれては、ヴァクラースたちが喜ぶだけ。

そういえば『ナンバーズ』のフォルスさんも、単純な正義では解決できないこともあるって言っていた。

ずっと後手に回りっぱなしだったんだ。こちらからもどんどん手を打っていかなきゃ。

僕が勢力を拡大することによって、他国も耳を傾けてくれるかもしれないし。

理想だけでは上手くはいかない。

みんなの言う通り、世界を本気で守ろうと思ったら、強引なことも考えなくちゃだめか。

世界征服は最終手段としても、力を持っておくに越したことはない。

僕の力で他国を併合し、その連合軍でエーアスト包囲網を作る。

外堀を埋めてからヴァクラースたちと決戦をするのが、一番被害が少ないってことだ。

「よし、決まった！　これから国盗り合戦の幕開けだっ！」

「やったー、ユーリが世界を支配しちゃうぅぅ！」

「上手くノッてくれましたわ♪」

「ご主人様って意外に単純デスよね」

「ね、ユーリは雰囲気に流されやすいって言ったでしょ」

「ああ、さすが勇者、いい作戦だったぜ！」

…………………………………え？

2. ゼルドナの王

「ぶわっかもーん！　おめおめと逃げ帰りおって、何をやっておる！　それでも我が国の第一騎士団か！」

贅を尽くした絢爛豪華な一室に、甲高い耳障りな声が響き渡る。

声の主はゼルドナ国王コンスターー・デスポート。

その王の間に、先日ユーリによって手酷い目に遭った騎士団長が報告に訪れた。そして、任務失敗の叱責を受けたところだ。

コンスターは薄毛が目立ち始めた頭といい、無駄肉をだぶつかせた腹といい、その容姿の醜さには定評がある。

その上、玉座に腰掛けると足が地に届かないほどのチビだ。

臣下に配慮がある王なら、外見の悪さなど些末な問題だろうが、この男は下の者に対する慈悲など微塵も持ち合わせてはいなかった。

思いやりの感情というモノが欠如しているのだ。

そんな男でも、世襲制の独裁者なら、我がもの顔でなんでも手にすることができる。

世の中はまったくもって不平等である。

騎士団長は必死の形相で弁明する。

「いえ陛下、本当なのです。あそこには本当に魔王がいるのです！　魔王は陛下のことを許さないと言っておりました。すぐにでも謝罪の貢ぎ物をあそこに送るべきです！」

「なぁにが魔王じゃ、そんなヤツ、少しも怖くないわい！　もういい、お前は第一騎士団長クビじゃ！」

「陛下、一刻も早く魔王の怒りを鎮めないと、我がゼルドナ国に危険が……」

「おい、こやつを牢に入れておけ」

「はっ！」

「へ、陛下～っ！」

コンスターは忠告にまるで耳を貸さず、騎士団長を牢獄送りにした。

――まったく、何が魔王じゃ！　役立たずめ！

――どいつもこいつも、こんな簡単な任務で何度も手間を掛けさせおってからに！

コンスターは玉座に座りながら、配下のふがいなさに歯噛みをする。

騎士たちを向かわせた場所には、山賊のお宝が山ほど眠っている。

それは以前から分かっていたが、何やらとんでもないボス――最強冒険者である『ナンバーズ』のボルゴスがいるので、容易には手が出せなかった。

それが、いつの間にかボスは死に、そこに流れ者が住み着いたという噂を耳にした。

なんでも、そいつは復活した魔王と自称しているという。

コンスターは、その情報を信じていなかった。

あんな平凡な場所などに魔王がいるわけがない。魔王が復活するというなら、それなりの場所を選ぶだろう。

それに、流れ者の正体は単なる小僧という話だ。そんなヤツ相手に二回も失敗するとは……。

鎮火しつつあった怒りの炎が、また沸々とコンスターの全身を炙っていく。

「陛下、先日お話しした王都民の代表たちが来ましたが、いかがなさいますか」

どうしてやろうかとコンスターが次の手を思案していると、兵士が部屋に現れて報せを告げた。

そういえば、王都民として何やら上申したいことがあるという話だった。

何度も要請してくるから、仕方なく謁見の許可を出したことを思い出す。

――まったく面倒な奴らめ。

煩わしいことが重なり、苛立ちを覚えつつもコンスターは答える。

「ふむ、会ってやるから連れてこい」

「承知しました」

しばしののち、兵士はゼルドナの王都民五人と、それに付き従う屈強な男たち五人を王の間へと案内した。

屈強な男は恐らく、護衛を請け負った冒険者だろう。よってそれなりに腕は立つだろうが、謁見に際して武器は取り上げられている。

「陛下、お目通りを許可していただいたこと、感謝いたします」

「おぬしら、わしに何やら言いたいことがあるらしいな。遠慮せずなんでも申してみよ」

「はっ、では恐れながら。今年の作物は輪をかけて不作でありまして、国民は皆生活に窮しております。陛下にその現状を知っていただきたく、具申しに参った次第です」

「わしにどうせよと？」

「今年の税金と、農家から徴収する作物を減らしていただきたいのです。でないと、我らはもう食べていけません」

ゼルドナ国民は重税によって、日々貧困にあえいでいた。

その上、今年は作物の育ちが悪く、食料危機にも瀕していた。

どうにもならない状況に、王都民の代表が意を決して負担の軽減を懇願しに来たのだった。

「ふむ、分かった。おぬしたちが食うに困らぬようしてやろう」

「ほ、本当ですか!?」

「ありがとうございます陛下！」

コンスターは喜びの声を上げる王都民の代表を一瞥したあと、そばにいた兵士に命じる。

「おい、こいつら全員牢にぶちこんでおけ。一族も残さず皆捕らえるのじゃ。見せしめに国民の前で処刑してやる」

具申しに来た彼らにほんの一瞬芽生えた希望を、コンスターは無惨にも踏みにじった。

「そ、そんなっ、待ってください陛下っ！」

「ええい、話すことはもうない。はようこやつらを捕まえろ」

命令を受けた兵士たちが嘆願に来た者たちを取り押さえようとする。

そのとき、後ろに控えていた冒険者五人が瞬時に前に出て、兵士たちを拳で殴って気絶させた。

その手際はまさに一流のものだった。

「まったく、聞きしに勝る暴君だな。これほど聞く耳を持たないとは……」

「オレたちゃ全員拳闘士だ。だから武器なんて必要ねえ！　ここに来るまでに取り上げられた武具はダミーさ」

「冷酷非情なその振る舞い、とても王の器とは思えんな。国民の怒りをその身に受けるがいい！」

冒険者たちはゼルドナ国民ではなく、他国からやってきた者たちだった。

正義感の強い男たちは、困窮しているゼルドナ民を救うため、今回の歎願に協力することにした。

万が一のための護衛としてだけでなく、もし国民をないがしろにするような対応をしたら、強硬手段に出る。そう決心していた。

そしてやはり交渉は決裂し、命を懸ける展開に。

兵士の数があまりにも多かったらそれまで。いちかばちかの賭けだったが、警戒心の非常に強いこの独裁者が、何故かこの謁見に際してはロクに護衛を付けていなかった。

まさに千載一遇のチャンス、今なら殺れる！

この男――コンスターさえ仕留めれば、この国を変えることができるはず！

五人の冒険者は、周りの兵士たちを全滅させると、一気にコンスターへと駆け寄った。

「もらったぞ、ゼルドナの愚王っ！」

「数々の悪行はその命で償えっ！」

彼らの必殺の拳がコンスターへと迫る。

ズバシュウウウウウウウウッ！

「がはあっ」

だがその攻撃が届く刹那、どこからともなく何者かが突如として現れ、冒険者たちをまとめて蹴散らした。

その乱入者の姿を見て、彼らは驚愕する。

「な……なんだお前は⁉　に、人間じゃないのか⁉」

「バカな、こんな化け物が王を守ってるってのか⁉」

「ま、まさかコイツ……！」

「ヴォルク、やれ」

「グオオオオオオオオオオオオオッ！」

乱入者が咆哮を上げた次の瞬間、冒険者たちは塵となって消滅した……

「ひっ、ひいいいいいっ」

信じられないような惨劇を目の当たりにし、歎願に来た者たちが恐怖で気絶する。

これにて、勇気あるクーデターは失敗に終わったのだった。

「相変わらず見事じゃなヴォルク」

「ふん、この程度なんざ朝飯前だぜ」

コンスターの言葉に対し、ヴォルクと呼ばれた男は粗暴な口調で応える。

「へ、陛下っ、どうかされましたか!?」

「い、今の音はいったい……？」

騒ぎを聞きつけ、コンスターの側近たちがぞろぞろと駆けつけてきた。

「なぁに、身のほど知らずの賊どもを返り討ちにしてやったところじゃ。おい、この倒れているヤツらを牢にぶちこんでおけ。一族郎党も残さず捕まえるのじゃ。わしに逆らった者は皆殺しにしてやる」

「陛下、若い女も殺してしまわれるのですか？」

「ふむ……若い女はもったいないか。見た目が良いのはわしのところに連れてこい。ほかはお前たちが奴隷にするなり好きにしろ」

「承知しました。こやつらの持つ財産はどうなされますか？」

「もちろん全て没収しろ。お前たちにも分け前はやるから安心するがよい」

「はは～、ありがたき幸せ」

　彼らは国の重要な役職に就く者たちであり、正義感など存在せず、コンスターのもとで甘い汁を吸っていた。

　愚王とその悪臣たちが、ゼルドナを蝕む元凶だった。


――さて、反逆者についてはこれで片付いたが、残っている問題はあの山賊のアジトだ。

　コンスターはまた悩みの種について思案する。

　どうやら面倒な奴がいるようで、魔王と自称するだけあって、ボルゴスとまではいかないまでも多少の実力は持っているとみえる。

　このままただの兵を送り続けても、いたずらに時が過ぎるだけかもしれない。その間に誰かに先を越されては、全てがおじゃんだ。

　気は進まないが、コンスターは仕方なく奥の手を使うことにした。

「ヴォルクよ、山賊のアジトにおぬしが行って、宝も女も丸ごと強奪してこい！　もはや失敗の報告など聞きとうない。おぬしなら問題なかろう」

「当たり前だ陛下。オレに勝てるヤツなどいない。山賊のボスとやらも、オレに任せればいつでも始末してやったのに」

「いや、正体不明の小僧はともかく、山賊のボスはかなり手強かった。おぬしに万が一があっては困る。おぬしは我が国の宝じゃからな」

「まあ任せとけって。たとえ本物の魔王がいようともオレ様が倒してやるよ」

冒険者たちに化け物と言われた謎の男——それはゼルドナ国将軍ヴォルク・リュコスだった。

獣人の一種である狼人のヴォルクは、基礎能力が通常の人間よりも非常に高い。武器を扱う器用さには欠けるが、その野生味溢れる戦闘力は脅威だ。

だが、ヴォルクが強い理由はそれだけではない。

『白銀の狼』という称号を持っており、その力を解放すれば、英雄級ＳＳＳランク冒険者『ナンバーズ』上位に匹敵するほどの強さを出せるのだ。

いま冒険者たちを瞬時に皆殺しにしたのもその力だ。

コンスターは、ヴォルクの力を全面的に信頼していた。他人を一切信用しないこの愚王がだ。

まさに右腕と呼べる存在である。そのため、ヴォルクにだけは特別な待遇を与えていた。

そんな虎の子の秘密兵器。ボルゴスならいざしらず、どこぞの小僧などに負けるなんてことはないだろう。

そう軽く考えていると、突然見張りの兵士が部屋に飛び込んできた。

「へ、へ、陛下っ、大変ですっ、魔王が、魔王が我が王都にやってきました！」

「なぁにぃ〜？　そんなバカなことがあるか！」

またしても『魔王』絡みの報告を受けたことに、もはや我慢がならぬと怒りが込み上げる。

いったいコイツらは何を目撃してるのか？

「と、とにかく陛下、外を、空を見てください！　とんでもないドラゴンが飛んでいるのです！」

「ドラゴンじゃと？」

そういえば、報告に来た騎士団長が、六十メートルくらいのドラゴンを見たと言っていたのを思い出す。

——アホらしい。そんな巨大なドラゴンなどいるはずがない。

——幻術で騙されたに違いない。

まったくどいつもこいつも無能ばかりだと、コンスターは心で嘆く。

この愚王は、自分に都合の悪いことは信じない男だった。

役立たずどもの報告に呆れ返りながら、コンスターはバルコニーへと歩み寄り、そこから空を眺める。

「ほっ、ほんげえええええっ!?　な、なんじゃアレはあああっ!?」

そこには見たこともない超巨大ドラゴン——体長六十メートルを超えるゼインが浮かんでいたのだった。

——アレはドラゴンなのか？

——いやドラゴンにしか見えないが、しかしこんな巨大なドラゴンなどいるわけ……

——落ち着け、冷静になれ、コレはきっと幻術じゃ！

コンスターはそう信じ込みたかったが、とても幻術とは思えないような迫力が、そのドラゴンからは感じられた。

「ゼルドナ王よ、我の忠告を無視した報いを受けよ」

「な、なんじゃ？　誰の声じゃ⁉」

巨大ドラゴンから、何故か少年のような声が聞こえてきた。

目を凝らしてよく見ると、そのドラゴンの背の上に、黒い衣装を纏った少年がいた。

——まさか、ヤツが報告にあった小僧か？

——本当に、本当に魔王だったというのか？

「陛下～っ、死霊の騎士が……伝説の『白面の死騎士』が城内に入ってきますーっ！」

唖然とするコンスターのもとにまた別の兵士が駆けつけ、顔面蒼白となりながら切迫した状況を報告した。

「『白面の死騎士（デスライダー）』じゃと？　そんなもの本当にいるわけ……おげえっ！」

　コンスターがバルコニーから身を乗り出し、下を眺めてみると、巨大な死霊馬に乗った騎士たちが十騎ほど、王都を駆け抜けて城内へと侵入したところだった。

　そして馬上の騎士の顔には、あるべきモノが何も存在していなかった。

　そう、目も鼻も口もない、のっぺらぼうだったのである。

　冥界（めいかい）へと誘（いざな）う白面の死騎士――デスライダーは伝説上の存在だ。それが魔王の部下だという話は聞いたこともない。

　しかし今、そうとしか思えない存在が、魔王とともに現れた。

　通常の三倍はある体躯（たいく）の死霊馬には、頭部に二本の角（つの）があった。

　その巨体を活（い）かした疾走（しっそう）は、もはや馬というよりも小型ドラゴンの突進だ。

　馬上の騎士は二メートルを超える巨人で、これまた二メートルにもなる大剣（グレートソード）を片手で軽々と振り回している。

　兵士たちは恐れおののきながらも、必死に弓や槍（やり）で『白面の死騎士（デスライダー）』を攻撃する。

　魔道士隊も、自身が持つ最大の魔法を惜（お）しみなく『白面の死騎士（デスライダー）』へとぶつけている。

　だが、『白面の死騎士（デスライダー）』も死霊馬もまるでダメージを受けた様子がなく、兵士の集団を蹴散らし、その怪力で薙（な）ぎ払っていった。

　――いにしえより語り継（つ）がれてきた死の騎士……アレは人間では倒せぬ死神なのか？

「へ、陛下っ、あちらからは巨大魔獣が来ますっ、アレはひょっとして伝説の幻獣『キャスパルク』ではないでしょうか!?」

「まだ、まだほかにもおるのか!?」

兵士の指差す方向をコンスターが見ると、体長十メートルにもなる金色の魔獣が、逃げる兵士たちを追い回していた。

そして全身の毛を逆立たせたかと思うと、辺り一帯に電撃を撃ち放つ。

その姿は、まさに伝説の『キャスパルク』そのものだった。


自分は一度死んで生き返った不死身の男だと、勝手に自負していたコンスター。

怖いもの知らずで生きてきた男にとって、目の前の現実は受け入れがたいことだった。

このままでは、この城が落とされてしまう……

——いいや、まだじゃ！　この王城には超強力な退魔の結界が張ってある。一度たりとも魔の者の侵入を許したことのない、無敵の障壁じゃ！　いくら魔王と言えど、そう簡単に城に入れるわけがない。

そう己を鼓舞するコンスターだったが……

「『虚無への回帰』っ！」

ドラゴンに乗った少年が何かをつぶやくと、王城を防御する退魔の結界が全て霧散した。

「しょんな、しょんなはずあるわけ……」

「今から我はそこへ行く。愚王よ、心して待つがよい」

我がもの顔で振る舞ってきた独裁者に、かつてない恐怖が襲いかかる。

怯えるコンスターなど意にも介さず、少年はドラゴンの背から飛び降りると、歩いて王宮内へと侵入する。

「ヴォルク、ヴォルクーっ！　た、頼む、ヤツを、あの魔王を倒してくれえっ」

「ちっ、マジで魔王だったんか？　やっかいだが、この王宮内で戦うならオレにも勝機はあるぜ」

謎の少年を迎え撃つべく、ヴォルクは足早に移動した。

3. 魔王になりきってみる

「よし、今日は魔王らしい演技をしなくちゃな。ガッツリ脅せば相手も抵抗する気なくなるだろうし、戦闘も早めに終わるだろう」

ゼインの背に乗って移動しながら、魔王のイメージを反芻する。

ゼルドナには、本物の魔王のフリをして乗り込もうと思っているからだ。

今回の戦闘は僕一人で行くことにした。

リノたちを連れていると舐められそうだからね。もちろん、彼女たちに万が一があっても困るし。

頑張って魔王らしいところを見せてやるぞ。

「ンガーオ！」

「そうだ、ルクも一緒だったね」

ルクが来たがったので一応連れてきた。伝説の『キャスパルク』は、魔王の威厳を見せるのに充分な存在だし。

もちろん、ルクには手加減するようにお願いしてある。

また、魔王のフリをするに当たって、僕の衣装もそれっぽい感じになっている。

それっぽいといっても魔王なんか誰も見たことないので、おとぎ話に出てくるような格好に雰囲気を合わせてるだけだが。

衣装はリノたちがわいわいと楽しく作ってくれた。

どうすれば邪悪な感じになるかとか、魔王に相応しい雰囲気が出せるかとか、みんなノリノリだったようだ。

世界を相手に戦うかもしれないのに、危機感ないというか……まあ楽しそうで何よりだけど。

僕の外見が魔王っぽく見えるかはともかく、ゼインがいるのは本当に大きい。

僕だけでは、そう簡単には恐怖を与えることはできないだろう。

だけどこんな巨大なドラゴンで乗り込めば、否(いや)が応でも魔王の存在を信じる気になるはず。

ゼインが仲間になってくれて本当によかった。

今回色々とちょっかいを出されたが、諸悪(しょあく)の根源(こんげん)はゼルドナ王で、無理矢理命令されてる兵士も多いはずだ。

善良な人は傷つけたくないし、被害は最小限に抑(おさ)えたい。

こうやって脅しを重視(じゅうし)してるのは、魔王の恐ろしさをこれでもかと見せつけ、逆らうのは無駄と思わせたほうが、相手の諦(あきら)めも早いだろうという目算(もくさん)からだ。

あとは、『神遺魔法(ロストマジック)』の『分身体(レプリケーション)』で僕のコピーを十体作り、そいつらにも戦わせる予定だ。

ハッタリを利(き)かせるため、分身体の体格は最大限に大きくし、顔はのっぺらぼうにした。

僕と同じ顔が十人もいるとさすがにおかしいからね。

分身体はベースレベル999の僕と同じステータスなので、かなり強い。

僕の持つスキルや魔法まではコピーできないが、素(す)のステータスだけでもSSSランク冒険者くらいには戦えるはずだ。

何せレベル999なので、HPがべらぼうに高い。

耐久(たいきゅう)スキルがなくても充分化け物クラスで、余程のことがない限り、まずHPは尽きないだろう。

その分身体に、『魔道具作製』レベル10で強化した装備(そうび)を着けさせるので、あの『ナンバーズ』のボルゴスくらいは強いかもしれない。

分身体には状態異常攻撃は効かないし、ダメージを受けても怯(ひる)まないし、怪力で巨体な上にHPも山ほどあるしで、相手にとってはかなり恐ろしい存在だ。

結構怖がってくれると思っている。

この分身体たちを、最強の死霊馬『蹂躙せし双角獣(デビルバイコーン)』に乗せて騎兵隊を作った。

『蹂躙せし双角獣(デビルバイコーン)』は『死霊魔法』レベル10じゃないと召喚(しょうかん)できないので、まず喚(よ)び出せる人はいないだろうし、普通は見たことすらないはずだ。

『蹂躙せし双角獣(デビルバイコーン)』は近付くだけで相手を『精神破壊(マインドブラスト)』しちゃうんだけど、それでは多くの怪我人(けがにん)が出そうなので、今回はその能力は封印(ふういん)することに。

それでも、この死霊馬はドラゴン並みの体力があるので、まあそこらの兵士が何人集まっても殺せないだろう。

ゼルドナ王都に近付いたところで突撃準備を整え、この最強の騎兵隊を引き連れながら、僕たちは王都内へ突入した。

戦闘が始まると、兵士たちが『デスライダー』とか言いながら騒ぎ始めた。

どうやらたまたま作ったこの騎兵隊が、『デスライダー』というのに似てるらしい。

多分ゼルドナに伝わる架空の騎士なんだろうけど、おかげで想定以上に怖がってくれてラッキーだ。

ルクも手加減しながら上手に活躍してくれている。

そしてゼインの背中からゼルドナ王に宣戦布告。

王城には悪魔を拒絶する退魔の結界が張られているようだけど、人間の僕には全然関係ない。

ただ、一応魔王という設定で攻めているので、結界はちゃんと壊してあげないとね。

僕は『神遺魔法』にある解除魔法——様々な効果を打ち消す『虚無への回帰』で、結界を全て無効化した。

「今から我はそこへ行く。愚王よ、心して待つがよい」

そう宣言した後、ゼインの背から飛び降り、ゼルドナ王がいる王宮の正面から中へと入る。

一階には謁見の間とかあるみたいだけど、さっきゼルドナ王は三階から顔を出してたな。

恐らく下には降りず、そのまま上の階にいることだろう。

僕は階段を見つけて二階に上がっていく。

独裁者で敵の多かったゼルドナ王だけに、王宮内の防犯対策にはかなり力を入れていたようだ。

あちこちに侵入者撃退用の罠が仕掛けてあるけど、もちろん僕には通用しない。

そのまま無人の野を歩くが如く、全ての罠を破壊して三階へと向かう。

三階へ上がると、あとは王様の部屋まで一直線だけど、その通路の途中に怪しげな一角が。

まあ分かりやすい罠だ。『領域支配』スキルで、隠れているヤツの殺気もガッツリと感知してるし。

回り道を探すのも面倒だし、そのまま罠に直行してみる。

そういえば、ゼルドナには名高い将軍がいたっけ。確か獣人で、負け知らずってほど強かったはず。

かなり残虐な性格で、あちこちの戦いで容赦なく敵を殺してるとか。

待ち受けてるのは多分その人だな。

特に気にすることもなく、僕は無防備に通路を歩いていく。

予想通り、怪しい区画に差し掛かったとたん、後ろに鋼の棒が下りて僕の退路を断った。

そして、前からは獣人らしき男――身長百八十センチを超える屈強な体格の狼人が現れる。

ちなみに、獣人の見た目は普通の人間とほぼ変わらないが、頭部の獣耳と手首足首あたりの毛がフサフサしていることで見分けがつく。

「クックックッ、よく来た魔王よ。オレは人類最強のヴォルクだ。せっかく復活したようだが、このオレが魔界へ叩き帰してやる。いや、行くのは地獄かな？」

やはりその将軍か。

解析してみると、なるほど強い。全体的なポテンシャルの高さに加え、当然のように『称号』まで持っている。

その名は『白銀の狼』。

『ナンバーズ』のボルゴスやフォルスさんと同じSSランク称号だ。

能力を解放すると野獣化となって、大幅に戦闘力が上がるらしい。

「このエリアでは魔法は全て使えない。つまり、オレとの肉弾戦だ。いくら魔王とて、この狭い空間ならオレには勝てんぞ」

あっ、ホントだ！　いつの間にか魔法封鎖結界が発動してた。

人間の結界にしては規格外なほど、かなり強い魔力を感じる。多分、増幅装置を使った強化結界だろう。

対象エリアも極力絞って、その分高出力になっている感じだ。

ただ、封じているのは『属性魔法』や『光・闇魔法』、『神聖魔法』などの通常魔法で、上位の『界域魔法』とかは問題なく使えるようだ。

まあ知らないんだろうな。

ここは通路の幅七メートル、前後の奥行きが十五メートルほど。

この狭い場所なら自信ありってことか。

いいだろう。せっかくだから、『呪王の死睨』も魔法も使わずに付き合ってやる。

「行くぞ魔王っ！　時代遅れはもはや用なしだ。尻尾を巻いて地の底へと帰るがいい！　満ちよ月光、獣王進化！」

ゼルドナが誇る将軍――獣人ヴォルクが『白銀の狼』の能力を発動する。

すると、灰色の体毛が一気に伸びて、そして全身の骨格もゴリゴリと音が聞こえてきそうなほど大きく変形し始めた。

基本的に獣人は体毛が濃いが、それはあくまで一般的な人間と比較してであって、本物の獣のように全身が毛に覆われているわけではない。

顔も、獣耳を除けば普通の人間と同じだ。

それが、ヴォルクが力を解放したとたん、まるで本物の魔獣のように全身が体毛で覆われ、筋肉も魔獣のそれに変化し、そして顔もヘルハウンドのようにアゴを突き出した獣顔になった。

これは……『人狼(ワーウルフ)』だ！

すでに絶滅したと言われる魔族で、最強魔族『吸血鬼(ヴァンパイア)』と並ぶほどの力を持っていたという。

その能力が、『称号』として受け継がれていたんだ！

伸びた体毛は見るからに硬質(こうしつ)なモノへと変化し、ギラギラと銀色に輝き出す。

なるほど、ヴォルクが自信に溢れているのも分かる。

『人狼(ワーウルフ)』や『吸血鬼(ヴァンパイア)』は、人間を遙かに超えた存在だ。常人では到底敵(とうていかな)うような相手じゃない。

変身が完了したヴォルクには、すでに人間だった面影(おもかげ)はなかった。

「では魔王よ、戦闘開始だ！」

ヴォルクはそう宣言したあと、ほんの少し屈(かが)んだかと思えば、一瞬で間合(まあ)いを詰めてその両手の爪(つめ)で攻撃してきた。

人狼になったヴォルクは、全身が筋肉の塊(かたまり)みたいなモノだ。

通常の人間では考えられないような動きで攻撃を仕掛けてくる。

だが僕は、相手の少し先の行動が見える『超越者の目（デウスプレディクト）』を持っている。

この程度では僕の虚（きょ）を衝（つ）くことはできない。

「やるな魔王！　しかし、これは避（よ）けられるかな？」

ヴォルクの姿が、一瞬視界から消えた。

それは上下左右の壁を使って、立体的に攻撃をしてきたからだ。

コレは凄い！

壁に飛んだかと思えば、天に着いたり地を蹴（け）ったりと、戦闘のセオリーでは考えられない動きをしている。

その常識外の動きに、さすがの僕も少し面食（めんく）らった。

この狭い空間はヤツの巣穴だ。

ここなら魔王に勝てると言ったのも、あながちウソではなかった。

しかし、残念ながら僕には当たらない。

そして僕の剣がヴォルクを捉（とら）える！


ザギンッ！

えっ？　なんだこのおかしな感触（かんしょく）は……!?

「さすが魔王、人狼になったオレに攻撃を当てたのは、お前が初めてだぜ。だが、オレを斬(き)ることはできない！」

ヴォルクの銀色の体毛は想像以上に硬(かた)くなっていて、それでいてしなやかに衝撃を吸収し、僕の『竜牙の剣(ドラゴンソード)』でも斬れなかった。

これはドラゴンを超える強靱(きょうじん)さだ。

ここまでとは……

ドラゴンですら即死だった『呪王の死睨』に耐えられるかどうか、少々実験してみたくなるほどの生命力だ。

これほどの強敵と戦えることは本当にありがたい。

ゴーグやヴァクラースにあって僕に足らないモノ――それは戦いに対してのセンスや野性的な勘(かん)だ。戦闘本能といってもいい。

それをしっかり養っておかないと、いくら強いスキルを持っていても十全に活用することはできない。

僕が成長するためにも、このヴォルクの力を存分に味わいたいところだ。

「これでも喰(く)らいやがれ！『消滅の咆哮(イレーズハウリング)』っ！」

ヴォルクが口を大きく開けて咆哮を上げる。

これは破壊の振動波だ。立ちはだかるモノを全て粉砕(ふんさい)していく。

まあ喰らっても大丈夫だろうが、あまり手抜きの戦いには慣れたくない。

なので、しっかり避ける。

「くっ……コレも躱(かわ)すのか⁉　さすが魔王と言われるだけあるぜ！」

ヴォルクは動きのスピードをさらに上げる。もはや残像(ざんぞう)が見えるほどの速さだ。

並の動体視力では追えないほど、上下左右を跳(は)ね回り、有り得ない角度から攻撃を仕掛けてくる。

結界で通常クラスの魔法は封じられてるし、この状況でヴォルクに勝てるのはそうはいないだろうな。

ちなみに、僕の持つ『蜃気楼の騎士(ミラージュナイト)』は回避(かいひ)不能の攻撃を出せるが、それは適当な方向を斬っても相手に当たるということではない。

当たり前だが、ちゃんと相手を狙(ねら)わなくては当てることはできない。

いったいどういう現象が起こっているのか、技を使っている僕には分からなかったが、攻撃を受けたメジェールいわく、剣がまさしく蜃気楼(ミラージュ)のように消えて、防御も回避もできなくなるとのこと。

そういう効果なので、ちゃんと動きを捉えないと、『蜃気楼の騎士(ミラージュナイト)』をもってしてもヴォルクを斬ることはできない。

しかし、動きを捉えたら、攻撃を躱すのは不可能だ。

そして『竜牙の剣（ドラゴンソード）』で斬れないなら、斬れる剣を使えばいい！

こういう戦闘は僕にとってもいい経験になるが、あまり長引かせるのも良くない。

そろそろ決着をつけさせてもらうとするか。

僕は先日作った聖剣『冥霊剣（エリュシオン）』をアイテムボックスから取り出す。

「魔王よ、コレで終わりだーっ！」

人間を遙かに超越（ちょうえつ）した動きでヴォルクは僕の背後に回り、鋭（するど）く伸びた爪でこの首をハネにきた。

きっとこれがヴォルクの最速の攻撃なんだろうけど、残念だが僕には見えている。

両手を使った必殺の二連撃を躱し、『冥霊剣（エリュシオン）』でその両腕を斬り落とす。

『竜牙の剣（ドラゴンソード）』では歯が立たなかったが、さすが聖剣、その硬質な体毛ごとすんなりと切断することができた。

「ぐあああっ、そんなバカなっ、オレの身体（からだ）が斬られるはずがあああっ……」

「自分の肉体を過信（かしん）したな。覚えておけ、魔王に斬れないモノはない」

ザシュッ……！

僕はヴォルクにトドメを刺した。

ほんの少し迷（まよ）ったが、これほど残忍（ざんにん）で力のある側近は、やはり生かしておくことはできない。

禍根は断っておかないと。

……あ、覚えておけって言葉が無駄になっちゃった。せっかくカッコ付けたのに……

さぁて、とうとう王様の部屋に到着しましたよ。

人狼ヴォルクを倒した僕は、目的地の扉に手をかける。

大人しく待ってたかなあと思ったら、扉を開けた瞬間、いきなり数十発という魔法が飛んできた。

ま、当然ですよね。

「殺せ殺せ！　魔王を退治せよ！　ありったけの魔法を撃ち込んでやれ！」

ゼルドナ王の声が、大量の魔法で視界を覆われた向こう側から聞こえてくる。

この魔法なかなか強力だな。そこらの魔道士には使えない上位レベルの魔法だ。

そうか、ここにいるのは王を守る宮廷魔道士隊だから、外の魔道士たちよりも遥かに強いんだ。

まあでも、全然効かないけどね。

「どうした、そんなものか？　もっと強い魔法をぶつけてこい！」

僕は敢えて挑発した。魔王という設定だからだ。少し『威圧』スキルも使ってみた。

本気でやると全員失神しちゃうかもしれないので、相手が状態異常にならない程度に手加減して威圧する。

すると、魔王のプレッシャーに恐怖したのか、死にもの狂いで魔法を撃ちまくってきた。

「死ねっ、殺してやる！」とか「消滅しろ！」など、必死な叫び声も聞こえてくる。

僕は薄ら笑いを浮かべながら、それらの魔法を無抵抗に浴び続けた。

しばらくすると、魔道士隊の魔力が尽きて、魔法の嵐は収まった。

もはや誰も声を上げる者はいない。

シーンと静まりかえった部屋を見渡してみると、魔道士たちが絶望のまなざしで僕を見つめていた。

泣いている人もいるようだ。

「終わりだ……我が国はもう滅ぶしかない……」

いや、滅ぼす気は一切ないので安心してください。

むしろ、救いに来たんですけど……って、いま言っても絶対信じてくれないだろうな。

魔道士たちはすでに抵抗する気力はないようだけど、肝心の王様の姿が見えないな。

さっきまで声がしてたのに。

大臣らしき側近の姿は確認できるんだけどね。

「な、何をやっとる！　もっと死ぬ気で戦えっ！　誰か、誰かあの魔王を殺すのじゃああっ！」

おっ、いたいた。玉座の後ろに身を潜めてたのか。

自分だけ隠れて部下をけしかけるなんて、評判通りの愚王だな。

さて、どうやって懲らしめようか……あ、まずはコレをやらないと！

「頭が高い、跪け！」

僕は重力魔法の『超圧重力圏』で、この場にいる全員をいっせいに這いつくばらせた。

脅しも兼ねて、少し強めに掛けてやる。

「ぷぎいいいっ、おひちゅぶされりゅ～」

「ま、魔王の前では、立つことすらできないとは……」

全員地べたに頬を擦りつけるような状態にさせてから、僕は言葉を続けた。

「ゼルドナ王よ、お前には忠告をしたはずだ。我には手を出すなと」

「ぷひいっ、し、知らんっ、は、配下の者どもが勝手にやったのじゃあっ」

「では、騎士たちがやって来たのは、お前が命じたわけではないと？」

「当たり前じゃ、魔王に逆らう気など毛頭ない」

ふぅん……王から直々の命令を受けてやって来たって、あの騎士たちは言ってたけどね。

そもそも下手なウソなんて、『真理の天眼』で見れば全てお見通しだ。

「こやつらの命はやる！　だから、わしの命だけは助けてくれ！」

「陛下、そんなご無体な……魔王様、この魔道士たちや兵士、国民どもはいくら殺しても構いません。生涯忠誠をお誓いいたしますから、我らの命もお助けください！」

う～ん、聞きしに勝る酷い王様だ。シャルフ王と同じ一国の主とはとても思えない。

そしてこの側近たち。

忠誠を誓うと言っておきながら、めっちゃくちゃ敵意あるんだけど。

解析で丸わかりだぞ。

まあ僕は魔王と思われてるから、素直に従わないのは決して悪いことじゃないけど、この側近たちは我が身可愛さに国民の命まで売り渡そうとしてたからな。

正義感からの敵意じゃないだろう。

それに、ドス黒い悪意のような濁った心も、僕の『真理の天眼』スキルでは分かる。

普通の人からはこんな邪悪な感情は感じないので、少なくともこいつらは善人ではないな。

王の一番近い場所で甘い汁を吸っていた側近たちだ。

心の歪みもかなり感じるし、生かしておくと何を企むか分からない。

火種は消しておくべきかもしれない……

非情なようだが始末させてもらう。

この作戦を遂行する前に、甘い考えは捨てると決意したんだ。

何せ、これから世界を相手にするのだから、ちょっとした油断が命取りになる。

僕はともかく、邪悪な側近たちのせいでみんなを危険に晒すことはできない。

もちろん、罪のない者には危害を加えるつもりはないけど。

この側近たちはいらない。

「では聞こう。我に忠誠を誓えるか？」

「誓います、終生魔王様に従いますぅ～っ」

答えを聞いたあと、『呪王の死睨』で側近たちを即殺した。

最終勧告でも、やはり敵意も悪意も変わってなかったからだ。

「ひっ、ひえええええっ」

側近たちが突然コト切れたのを見て、這いつくばっている魔道士たちが悲鳴を上げる。

「騒ぐな。こいつらは忠誠を誓うと言っておきながら、内心憎悪を燃やしていた。我にはそれが分かるのだ。よいか、魔王を欺けると思うな！」

「私たちは、私たちには一切歯向かう意思はございませんんん‼」

うん、分かってる。仮に歯向かう意思があったとしても、邪な心さえなければ問答無用で殺すなどしない。

そもそも王様に命令されてやったことだろうし、魔王を倒そうとするのも人間として当然の行為だ。さっき攻撃されたことは少しも恨んではいない。

『真理の天眼』で見た限り、全員服従しているのは分かるし、もちろん邪な心も感じない。

よって、彼らに危害を加えるつもりはないが……

「わしを、わしを殺さんでくれええっ」

さて、この王様はいったいどうしようか。

4. 勇者の演説

「ねえユーリ見て、私も王女様みたいでしょ！」

「ワタシも見てクダサーイ、コレ似合いマスよね？」

「凄いドレスの量ですわねえ。それになんて豪華な作りなんでしょう。エーアストの王室には、こんなのありませんでしたわよ」

「こんなヒラヒラした服のどこがいいんだか。動きづらくてしょうがねーよ」

「あら、男はこういう服に弱いのよ。ソロルも着てみれば？」

「そ、そうか？　ユーリ殿の好みなら、ちょっと着てやってもいいが」

「みんなで着てユーリを悩殺しましょ！」

「「「おーっ！」」」

　メジェールやリノたちがゼルドナ王室にあったドレスを見て、とっかえひっかえと着替えをしている。

　フィーリアだけは特に珍しい物とも思わないようで、衣装部屋にあるドレスや靴などを一つ一つ品定め（しなさだ）しているような感じだ。

　まあエーアストの王女様だもんね。

　ゼルドナ城を無事攻め落としたあと、留守番してもらってたリノたちや住処の女性たちをゼルドナに呼んだ。

　移動は『魔道具作製』スキルで作った『転移水晶』を使ったので、あっという間に終わった。

　コレは僕が一度移動した場所なら、あとから簡単にそこへ転移できるようになる便利アイテムだ。

　あくまで製作者である僕の移動場所が基準（きじゅん）で、仮に他人にこの『転移水晶』を持たせてあちこち行かせても、そこへ転移できるようになるわけではない。

　城に入ったみんなは、ゼルドナ王の持っていた豪華な品々を見て、これまでになくハイテンションになっている。

　まあとにかく凄い。

呆れるほど財宝や金貨が山盛りで、いったいどれほど贅沢をしていたのか……

重税と略奪に国民は苦しんでるという噂は聞いてたけど、想像以上だね。

山賊のボス＝ボルゴスが持っていたお宝なんて可愛いもんだ。

こんなに持っていて、まだ山賊の財宝まで欲しがっていたなんて、強欲にも程がある。

独裁者って、なんでこんな風になっちゃうんだろうね。

この財宝などの資産は、全部換金して国民に配る予定だ。

ちなみに、メジェールたちが熱中しているドレスや靴、宝飾品などは、ゼルドナ王の側室の物とのこと。

実は、ゼルドナ王には妻——正室がいない。つまり正確には側室というわけではなく、独身のまま女性をはべらせていたということだが。

結婚しなかった理由は分からない。王族に迎え入れるのが嫌だったのかもしれない。

女性たちは全員無理矢理連れてこられた人で、結構酷い目に遭わされていたようだ。

ゼルドナ王自身が満足するために、側室たちを豪華に着飾らせていたみたいだけど、実際には奴隷同然の扱いだったらしい。

側室は十人以上いたけど、全員解放して元いた所に帰してあげた。

みんな魔王である僕に殺されると思っていたようで、自由になれると知ったときは、ポカンと放心したあと、やっと状況を理解して嬉し泣きしてた。

さて、その悪の元凶ゼルドナ王だけど、その処遇をリノたちみんなに相談してみた。

僕としては、やはり処刑したほうがいいのかなと思ったけど、意外にもフィーリアが反対した。

てっきり、フィーリアが真っ先に賛成すると思ってたくらいなので驚いたほどだ。

「ほかの人間はいざ知らず、国王の処罰だけは慎重に決断をされたほうが良いと思います」

フィーリアが言うにはこういうことらしい。

国家同士の戦争ならともかく、侵略者が王を処刑するというのは他国に与える影響が大きく、どんな正当な理由があろうとも賊軍扱いされてしまう。

ましてや魔王の仕業ともなると、他国の王も震えあがるに違いない。

敗戦＝殺されると思われては、今後相手の王は絶対に降伏せず、死にものぐるいで反撃してくるようになる。

それに従う兵士たちには、多大な犠牲が出るだろう。

他国に攻め入る度に相手に死力を尽くされては、被害も大きくなってしまう。

敗戦しても王の命は保証される――とりあえずそう思わせれば、相手の抵抗も緩まる可能性がある。

今回は元王に対する慈悲を与え、魔王の度量を見せる。

幸い、ゼルドナ王は世界に知られた悪王なので、『殺して国を奪う』という印象は避けて、『悪の独裁者から救う』というように見せたほうが都合もいい。

魔王の侵略＝虐殺ではないと思ってくれれば、他国の王も少し安心するはずだ。

今後も、素直に服従すれば命は保証する。ただし、悪質な反抗を見せるようなら、魔王の力を思い知らせる。

そういう方針でいくのが、一番無難と思われるようだ。

なるほど説得力のある理由だ。フィーリアはさすが王族とあって、人心を心得てるな。

仕返しなどを少し警戒しすぎたというのもあるけど、我ながら魔王寄りの思考になっていたようで、ちょっと反省した。


ということで、ゼルドナ王は追放処分にした。

処刑するのは許してやっても、国民にした数々の大罪は許されない。

前国王をこの国に置いておくのも色々な火種の元なので、移動用の馬や食料などの必要な物を与えて国から追い出した。

地下牢に入れても良かったんだけど、ずっと幽閉したままにするのも体裁が悪いしね。

まあ問題は、ゼルドナは全方位にケンカを売っていたから、この前国王を受け入れてくれる国があるかどうかだ。

全世界からの嫌われ者だけに、ひょっとしたら亡命先を見つけられずに、モンスターに襲われたり野垂れ死ぬ可能性もある。

富も権力も失ったゼルドナ王は、これからは自分一人の力で生きていくしかないのだ。

ちなみに、ゼルドナ王の両親はすでに死亡していて、そして兄弟も子供もいない孤独の身だ。

色々と暴走してしまったのは、その辺にも理由があったのかもしれない。

今後どうなるかは神のみぞ知るところだが、悔い改めてくれることを祈っている。

あと僕たちの住処に来た素行の悪い兵士たちだけど、任務失敗のためゼルドナ王の怒りを買って、地下牢に投獄されてたんだよね。

強奪隊と第一騎士団って言ってたけど、彼らの悪行は国内外に轟いていて、簡単に許すわけにはいかなくて……

一応反省しているみたいだけど、当分はそのまま牢屋に入れておくことにした。

被害者たちが彼らを許すまで、解放はさせてあげられないかな。場合によっては、一生牢獄生活も有り得るかもしれない。

今までしてきた悪事のツケを払い終えるまでは、大人しく地下牢で過ごしてほしい。

ほか、僕の分身体――『白面の死騎士』と戦った兵士たちだけど、彼らはゼルドナ王に命令されてただけなんだよね。

なので、分身体には手加減するようには指示したんだけど、残念ながら大怪我の兵士も出てしまった。

なるべく負傷者は出したくなかったけど、『蹂躙せし双角獣』は結構な暴れん坊だし、あの状況じゃどうすることもできなかった。

攻め落とすためには仕方なかったとはいえ、多くの兵士たちを傷付けて申し訳ないことをしたと思ってる。

その怪我をした兵士たちを呼び出したんだけど、役立たずの兵士は始末されると勘違いしたようで、みんなで命乞いの大合唱になってしまった。

ただ治療してあげようと思っただけなのに……

とりあえず、『神遺魔法』の『身体欠損修復』で、大怪我を片っ端から治した。

見たこともない魔法に、兵士たちはみんな驚いていた。魔界の魔法と思った人も多かったようだ。

こんな奇跡を使えるなら魔王軍に勝てるはずがない、と兵士たちが漏らしてたので、かえって絶望感を与えてしまった気もする。

「魔王にできぬことはない。今後は我のために戦うと誓え」

と、ちょっと雰囲気出して言葉を掛けたら、全員「魔王様に生涯忠誠を誓います」と額を地に擦りつけて服従した。

んー、この兵士たちは善良な人が多いので、あまり脅したり騙すのは心が痛むけど、これも本物の魔王軍に対抗するためだ。

しばらくはこのまま僕に付き従ってもらおう。

ざっと王城内のことを片付けたあと、いよいよ国民に対して、魔王の姿を見せることになった。

「アタシは神に選ばれし人間、『勇者』の称号を持つ者です。この度の戦で魔王がこの国ゼルドナに攻め入りましたが、これは侵略ではありません。解放のための戦いでした」

ゼルドナ城前の広場に国民たちを集め、城壁の上からまずメジェールが演説を行った。

魔王の僕がいきなり出るより、先に勇者が出て恐怖を和らげようという狙いらしい。

しかし、希望となるはずの勇者が、すでに魔王（僕）の手に落ちているのを見て、集まってる民衆が絶望してるぞ。

大丈夫なのか？

「先に一つ言っておきますが、アタシ……『勇者』は、魔王の軍門にくだっていません。その逆です。魔王の監視をしているのです」

なんだ⁉　メジェールってばいきなり変なこと言い出したぞ。

どういう理屈だ？

「今はアタシの力でも魔王は倒せません。しかし、魔王もアタシを倒すことはできません。『勇者』は神の力に守られているからです。そしてこの魔王が邪悪な所業をすれば、『勇者』の真の力が解放され、そのときアタシはこの魔王を封印することができるのです」

なんと、そういう設定でしたか。

魔王である僕も知らなかったぜ。

「つまり、魔王はアタシには逆らえないのです。アタシは魔王の監視役です。邪悪なことなんてさせません。なので、皆さん安心して過ごしてください」

メジェールはなかなか見事な論理で説得しようとするが、しかし、観衆たちは少しの音も立てずにシーンとしている。

そりゃあまあ『織光魔竜』の姿も見てるし、不安が消えないのは当然だよね。

勇者が魔王の監視役だなんていうのも聞いたことないし。

「あーもう分かった、アタシの力を見せてあげるから！　ちょっと皆さんそこどいてっ！」

城壁の上から演説していたメジェールが、下にいる観衆の中に飛び降りる。

「魔王、出てきてアタシに最大の魔法を撃ってごらんなさい！」

メジェールが下から僕のことを呼ぶ。

なるほど、一定時間無敵になる『夢幻身（アンタッチャブル）』で魔法をやり過ごし、僕の攻撃が効かない姿を見せようってことか。

『夢幻身（アンタッチャブル）』はメジェールとの模擬戦（もぎせん）で何度も経験してるので、技の効果は熟知（じゅくち）している。

僕は城壁の上に姿を現し、そして下へと飛び降りた。

それを見た群衆（ぐんしゅう）がいっせいに後ろに引いていき、メジェールの周りに充分な空間が出来上がる。

「上位聖職者の人なら、アタシが魔に冒されておらず、聖なる力を持っていることは分かるわよね？　今からその聖なる力を見せてあげる」

「勇者よ、では本気で攻撃するぞ。準備はいいか？」

「いつでも掛かってらっしゃい！」

メジェールが『夢幻身（アンタッチャブル）』を発動したことを確認してから、僕は『界域魔法』にあるとにかく見た目が派手（はで）な数十億ボルトの雷撃を、ドドドドーンとメジェールに向かって撃ち放った。

天から降り注ぐ超電圧の雷で地中の水分が瞬時に蒸発（じょうはつ）し、それによって地面が波打つようにボコボコと変形していく。

どんな生物も、とても生存できるとは思えない攻撃だ。

土煙で覆われたその中には、焼け焦げたメジェールの姿を想像していることだろう。

呼吸音一つ聞こえない中、民衆たちは固唾を呑んで成り行きを見守る。

しかし、その土煙が収まると、中から傷一つ付いてない勇者の姿が現れたのだった。

「わあああああああああああああああ‼」

観衆から思わず歓喜の声が湧き上がる。

メジェールってば、こういう演出が上手いなあ。

「分かってくれたようね。魔王はアタシを殺せない。だからみんな安心して！」

さっきまで絶望が渦巻いていた民衆が、メジェールのおかげで希望を見出したようだ。

魔王（僕）が邪悪な行為をすれば、勇者が倒してくれる。そう思ってくれれば、魔王の支配もそれほど怖くはないだろう。

メジェールが民衆の心を掴んでくれたので、次は僕の番だ。

魔王として今後どうするのかを、集まってくれた民衆に宣言した。

「我が魔王ユーリだ。我は人間の財宝などに興味はない。なので、貯め込んであった国王の資産を国民全員に分配する。税金も貢ぎ物も当分はいらぬ。兵士も我には充分足りている。軍に残るも去るも自由にせよ」

まあできれば兵士には残ってほしいんだけどね。

とりあえず無理に縛るようなことはせず、地道に軍を補強していきたいところ。

税金に関しては、国民の貧困問題が解決するまでは免除するつもりだ。

充分に経済が回復してから、改めてその辺りのことを考えていこう。

「それと、犯罪をすることは許さん。国家の平和を乱す者は、厳重に処罰する。もちろん、我に逆らうヤツにも容赦はしない」

犯罪しちゃダメとか平和を乱す者は許さんとか、これ魔王の言うセリフじゃないよね。

こんな変なこと言う魔王を、果たして民衆はどう思ってるんだろうか。

自分の発言に胸中で苦笑いをしていると、ふと『領域支配』が強烈な殺気を感知した。

それも、かなりの人数がいるぞ。

……暗殺者だな。邪悪さがかなりあるだけに、魔王を憎む正義の味方という感じじゃなさそうだ。

仮に、義憤に駆られた人たちが魔王（僕）を倒そうとするなら、その悪意のなさを感知できるはず。

だがこの殺気には邪悪さしか感じない。

恐らく、裏にいるのは国王一派の残党と推測する。無防備になったこのタイミングを狙って、僕を始末するつもりなんだろう。

そして虚を衝くように、暗殺者たちがいっせいに飛び出して僕に攻撃してきた。

その数、総勢二十人ほど。それも、個々が相当に強い力を持っている。

魔王を殺そうと考えるだけのことはあるな。

ヴォルク将軍が表の最強なら、この暗殺者たちは陰で暗躍していた殺人部隊ってところか。

「覚悟しろ魔王っ！　奥義『獄炎龍嵐陣』っ！」

コレは暗殺者二十人全員の力を使った特殊複合術で、強力な爆炎で辺り一帯を焼き払う技のようだ。

まずいぞ、この術はかなり強力なものだ。発動が完成したら、周りの多くの人も巻き添えになる。

民衆もろとも僕を始末するつもりってことか。

迷ってる時間はない。被害が出る前に最速の技で対応しないと。

僕は瞬時に判断して、『呪王の死睨』で全員即殺した。

「うわあああっ、やはり魔王だ、さっきの宣言は全てウソなんだああっ」

「殺される、オレたち国民は全員殺される～っ」

僕を襲ってきた暗殺者たちを『呪王の死睨』で全員返り討ちにしたら、民衆がパニックになっちゃった。

みんなの前で処刑はマズったか？

しかし一歩遅れれば、周りの人たちにどんな被害が出たか分からない。

それに、暗殺は無駄だということも、早いうちに分からせたほうがいい気がする。

魔王の圧倒的な力を見せつけることによって、第二第三の刺客を防ぐ抑止効果になるはず。

それでも来るというなら、片っ端から返り討ちにするしかない。

私腹を肥やしていた国王一派は排除したいし、虐げられていた国民には富を分け与えたい。

そのためには、少々強引なことも必要と思っている。

もちろん、殺すのは邪悪なヤツらだけだが。

これからやることはいっぱいあるんだ。民衆に好かれるまで気長に待つ、なんていう、のんびりしてるヒマはない。

本物の魔王軍の侵略はどんどん進んでいるのだから。

たとえ国民から恨まれ、恐れられようとも、危険な存在は排除する。

「騒ぐな！　言ったはずだ、逆らうヤツには容赦しないとな！」

僕の言葉に、狂乱していた民衆がまた静まりかえる。

『領域支配』で索敵すると、まだ敵意、悪意を持ったヤツが数人、群衆の中に隠れていることが分かった。

『真理の天眼』でそいつらを探し出す。

「そこの男とそこの男、あとお前とお前と、そしてそこのお前もだ。前に出てこい」

五人ほどその該当する男を見つけ、前に出てくるように促した。

ほかにも魔王を憎むような敵意はチラホラ感じたが、それらはみんな正常な正義感からくるモノだ。

しかし、この五人は違う。明らかに邪悪な意志を持っている。

多分、今の暗殺者に命令を出した黒幕たちだ。予想通り、国王一派と見える。

ちゃんと背後関係を調べないと分からないけど、その狼狽している様子から見ても恐らく間違いないだろう。

隠し事がバレないよう必死な感じだ。

「何故お前たちが呼ばれたのか分かるか？」

「いいえ魔王様、私どもにはサッパリ……」

「お前たちが、今の暗殺者どもの黒幕だからだ！」

僕のキッパリとした宣言に、気力でやっと立っていたという感じの男が、地面へと崩れ落ちた。

的確に当てたことにより、欺くのは不可能と観念したのだろう。

「お……お許しください、もう二度と魔王様には逆らいません……」

おっ、この男は完全に服従したな。なら命だけは助けてやるか。

この男の処遇はあとで決めるとして、問題は残りの四人だ。

「わ、私には何のことやら？　いま白状したこの男が全て一人でやったことなのではありませんか？」

「お前がやったわけではないと？　その言葉に二言はないな？」

「も、もちろんです、魔王様に逆らうわけがございません」

ん、ウソだな。

『真理の天眼』で解析した限りでは、敵意は少しも収まってないし、歪んだ心も丸見えだ。

それでも、一般人であるなら見逃してやってもいいが、国王一派の残党ならば容赦はしない。

「もう一度だけ訊く。お前は暗殺者たちとは無関係なのだな？　正直に返答するんだ。ウソを言えば……お前の命はない」

「はい、こんな暗殺者たちなど一切知りません。私はただの一般じ……」

言葉の途中で、男は糸が切れたように地に倒れ込んだ。

相変わらず邪悪なまま、まるで改心の様子が見当たらなかったので、『呪王の死睨』で即殺した。

正直なところ、生かして罪を償わせたり、もしくは牢獄に幽閉といった措置（そち）を取りたくもあるのだが、甘い魔王と思われるとそこにつけこまれてしまう。

そんなことでは、いつまで経（た）っても国王一派の反抗は抑えられない。

悠長（ゆうちょう）なことなんてしてられないんだ、危険な芽（め）はどんどん潰（つぶ）していかないと。

「くひいいいっ、すみませぬ魔王様、二度と逆らいませんからお許しを……」

次の男は素直に白状し、そして心から服従したようだ。

これなら命は助けてやってもいいだろう。

「私も、この度は愚（おろ）かなことをしました、もう魔王様には逆らいません。忠誠をお誓いいたします」

この男の言葉はウソだ。敵意どころか、僕に強い殺意まで持っている。

呆れるほど邪悪な心で、必ず仕返ししてやるという憎悪が溢れかえっているようだ。

というか、多分コイツが首謀者（しゅぼうしゃ）だな。ほかの四人より立場が上というのを感じる。

仕方ない、即殺……

覚悟していたとはいえ、頭を下げている人間を殺すのはやはり抵抗あるな。

でも見かけの服従には騙されない。生かしておけば、必ず僕の邪魔をするだろう。

災（わざわ）いをもたらすであろう国王一派に情けは無用だ。

「な、なぜ殺したのですか？　今の男は正直に白状し、魔王様に忠誠まで誓ったのに！」

「知りたいか？　この男は口では忠誠を誓っても、心は我に歯向かっていたからだ！」

「そ、そんなことまで分かるはずが……」

「いいか、魔王は決して欺けぬ。お前にも問う、我に忠誠を誓うか？」

「も……もちろんでございます」

残念。この男も口だけのようだ。

かなり歪んだ心も感じるし、改心には到底期待できそうもない。

仕方なく即殺した。

「いま見た通り、我を欺くことはできぬ。だが、忠誠を誓う者は決して殺さぬ。……そこの男、いま一瞬だが我に反逆する心を持ったな？」

「ぎひいいっ、ち、ちがい、ま……ひっ」

あ、気絶しちゃった。当てられてビックリし過ぎちゃったんだろうな。

まるで僕が即殺したような感じになっちゃったよ。

それを見た周りのみんなもざわついちゃってる。

「落ち着け、今の男は殺していない。我にすぐ忠誠を誓ったから許してやった」

今の男には悪意もなかったしね。多分正義感の強い人なんだろう。

邪な心がないなら、僕も殺すようなことはしない。

しかしこれ脅かしすぎかなあ。いや、最初が肝心。

普通の人には手は出さないってことを、なんとか分かってほしいところだ。

「今この場には、もう我に逆らう者はいない。もし我のこの力を疑う者がいるなら、我を憎んでみよ。すぐにでも当ててやろう」

……怖がらせすぎて、民衆たちは試しに実験してみる気力もないようだ。

ずばり当てて、見抜けるのがウソじゃないことを証明したかったんだけどな。

ちょっと謝っておくか。

「少しやり過ぎてしまったな。詫びというわけではないが、収穫間近の農作物は、かつてないほどの大豊作となるだろう。この魔王が豊穣の恵みを皆に与えよう」

「そんなことできるわけが……」

僕の非現実的な宣言を聞いて、そんな言葉に騙されるものかと思わず反論してしまった男が、自らの失言に気付いてハッと口を押さえる。

僕がその男を見つめると、真っ青な顔になって震えだした。

「ウソだと思うのか？　安心しろ、こんなことでお前を罰することはない。正直な意見を言ってみろ」

「い、いえ、別に魔王様を信じていないわけでは……ただゼルドナは土がやせていて、元々作物の育ちはよくないのです。なので、大豊作などありえないと……」

なるほど、そういえばそんな話を聞いたことあるな。

なら、僕の力を示すにはもってこいだ。

「ふむ、お前が不安になるのはもっともだ。では魔王に不可能はないことを見せてやろう。我の言ったことが真実かどうか、しばし待つがよい」

僕が特に怒っていないことが分かると、男はようやく安堵したようだった。

もちろん今言ったことは、『神遺魔法』の『豊穣の恵み』で実現させる。

今までずっと控えめに使ってたので、今回は遠慮なく最大級の力で魔法を使うつもりだ。

果たして、その直後の収穫では、全農地で例年の十倍以上の農作物が採れたのだった。

第二章　魔王と呼ばれた少年

1．魔王様の改革

先日の魔王の演説以来、ゼルドナ国民はすっかり萎縮しちゃってたんだけど、大豊作によって風向きが少しずつ変わってきた。

この奇跡は、魔王である僕が起こしたのだとちゃんと理解してくれたのだ。

強さ以外にも、超常的な力を見せることができたのはよかった。兵士たちの大怪我を治したことも知れ渡っているみたいだし、魔王の力を畏怖している様子は窺える。

それと、あの日は暗殺者も含めて逆らうヤツは皆殺しにしてしまったが、その効果があってか、みんな素直に服従してくれるようになった。

力ずくの恐怖政治ではあるが、ナメられて事あるごとに反抗されたら、その度にまたきつく脅さなくてはならない。

大人しくしてくれれば僕も善政だけに注力できるし、無駄な戦闘も減るだろう。

とりあえず、今のところ街は平穏な状態だ。

何より、農作物を作っていた農家たちが、いっせいに魔王である僕を支持してくれた。

理由は、僕が貢ぎ物を要求しなかったからだ。

今までは少ない収穫の中、ゼルドナ王にほとんどの作物を取り立てられていたので、農家はずっと貧しい生活をしていた。

魔王云々より、明日食べる物がないことのほうが重要だった。

それが今回の大豊作に加え、一切の徴収をしなかったので、農家は食べ物に困らなくなった。

もちろん、出荷することにより経済的にも余裕ができる。

つまり、前国王より、魔王のほうが数倍マシだとなったわけである。

農家たちは王都近隣の農村に住んでいる人が多いので、僕の強さやゼインを直接見てないということも大きい。

　魔王の怖さを、肌で感じてないんだよね。

　侵略されたという事実も、どこか絵空事のように思っているフシがある。

　農家だけでなく国民全体も飢えに苦しんでいたので、食料に困らなくなったのは、魔王（僕）の評判を大きく上げることに繋がってくれたようだ。

　それと、先日の宣言通り、ゼルドナ王が持っていた資産を配りまくった。

　本当に途方もない資産を持っていて、国庫に入れる分まで全部せしめていたんだと思う。

　どうやら兵士たちにもロクに給料を与えてなかったみたいだし。

　処刑した国王一派からも、私腹を肥やしていたと思われる分は徴収させてもらった。

　ゼルドナ王ほどではないけど、やはりとんでもない資産を持っていて、一部の者たちだけでこの国の財産を独占していたようだ。

　貨幣以外の貴金属や贅沢品は、街中の道具屋に可能な限り買い取ってもらった。

　それでも換金は終わらず、行商人のアパルマさんにもこっそり手伝ってもらうことに。

　山賊たちのお宝も、ゼルドナを立て直すために売り払った。

　元の持ち主には申し訳ないが、これで多くの人が救われると思って許してほしい。

　とにかく無駄な資産は全て売り、お金に替えた。

　そして国家の運営に必要な分と、宮廷の使用人や兵士たちに支払う給与分を残し、余ったお金を全て国民に分配した。

まあ一人頭にしたら大した金額じゃないけどね。それでも、宣言通り本当にお金が支給されて、みんな驚いている。

あとは、様々な手数料まで国が徴収していたようなので、必要ないと思うものは全て無料にした。

ほか、余剰（よじょう）ともいえる無駄な備蓄（びちく）も放出して、国民に分け与えた。

これで喜んでもらえるかと思ったところ……

大豊作の奇跡といい、侵略してきた魔王が何故人間たちに恩恵を与えるのか戸惑（とまど）ってるようで、何かの罠ではないかとかえって疑心暗鬼（ぎしんあんき）になってる感じだ。

僕が善政をすることで逆に不安にさせてしまったけど、ゼルドナ王の悪政によって国民はかなり疲弊（ひへい）していたので、まずは経済を潤（うるお）して活力を取り戻してもらおうと思ってる。

本物の魔王を無事倒し、世界が平和になったら、次の国王にこの国の政治を任せよう。

そのとき税収などを調整すればいい。

それまでは、今ある資産で充分やりくりできるはず。

あとは街の治安だけど、『魔道具作製』スキルで作った『魔導映像機（ゲイザー）』という監視アイテムを、要所要所に配置した。

これは自動で見張る魔道具で、全ての出来事を映像として記録していくらしい。

なので、何かあったときには、犯人捜しなどに非常に役に立つ。

それと、以前作った大型ストーンゴーレムはお役御免となったので解体し、新たに二メートルサイズの『土巨人』を作って街の警備に当たらせることにした。

強さはSSランク冒険者程度にして、その分大量に製作する。

このゴーレムたちがあちこちで街を警備してるので、危険な犯罪などはもはやまったく見掛けない。

まあ平和を乱すヤツは魔王が許さないと言ってあるから、その効果も大きいんだろうけど。

あまり締め付けすぎても息が詰まると思うので、咎めるまでもない軽微な犯罪は見逃すようにしてる。


ちなみに、意外にもあまり兵士はやめなかった。

むしろ、ほとんどの戦力が残っていると言っていい。

よく分からないけど、やめると魔王が怖いとか、やめても仕事がないとか、そこら辺が理由なのかもしれない。

ただ、兵士たちにそれほど悲壮感はない。嫌々軍にとどまっているわけではなさそうだ。

ゼルドナ王の頃とは違って、正当な報酬も支払っているしね。

国民の僕への恐怖も、日に日に薄くなっている気がする。

なんだかんだいって、処刑したのは国王派の三十数人ってところだし。

僕が即殺するシーンを見て最初こそ怖がっていたものの、処刑されたのは元々国民に嫌われていた国王一派ばかりなので、今となっては感謝されてる感じすらあるほどだ。

ただ……街には情報屋というのがいて、それは各国の出来事を書に記して、それを『魔導伝鳥』という鳥に変えて世界に発信するのが仕事なんだよね。

その情報屋が、魔王がゼルドナを攻め落としたことを全世界に報せちゃったので、現在世界はひっくり返ったような騒ぎになっている。

いずれ知られることではあったんだけど、どうも大袈裟に書かれちゃったみたいで……情報屋には悪気はなかっただろうから、特に罪に問おうとは思わない。まあそもそもとっくに逃げちゃったけど。

おかげで、これから色々と大変なことになりそうだ。

それと、つい最近入ってきた情報では、追放したゼルドナ王はパスリエーダ法王国に辿り着いたらしい。

道中どうなるか心配だったけど、なかなか悪運の強い王様だ。

そして、あれだけ悪さをしたゼルドナ王でも、法王国は受け入れてくれたとのこと。

そこまでは問題ないんだけど……

法王国なら、あのゼルドナ王を改心させることができるかもしれないと期待したが、どうやらそういう展開にはならなかったらしい。

ゼルドナ王は国を奪った魔王（僕）に復讐したかったらしく、なんと勝手に法王国の兵や民を扇動しようとしたんだとか。

かなり強引な振る舞いをしたようで、法王国としても手に負えなかったらしい。

現国王の僕とはまだ対立する気はなかった法王国は、ゼルドナ王を危険分子として、仕方なく神の名のもとに処刑したとのこと。

悔い改めて欲しかったんだけど、最後まで懲りない男だったようだ。

少々残念にも思うが、法王の判断で処刑されたなら、全世界も納得するだろう。

ひとまず、僕が手を汚さずに済んでホッとしている。

そして、住処で一緒に暮らしていた女性たちは、ようやく自分たちの元いた場所に帰る……かと思いきや、まだ僕のそばにいる。

僕と一緒にいると、色々刺激があって楽しいらしい。

ゼルドナ王の側室たちが使っていた部屋などをそのまま借りて、王宮で一緒に暮らしている。

それはいいんだけど、世間では女性たちのことを『魔王親衛隊』とか、リノたちのことは『魔王ガールズ』とか言ってたりして、僕が全員てごめにしてると思っているようだ。

ものすごく心外だ。

まだ女性と付き合ったことすらないのに……

「ん？　ルク、何か用？」

外の景色を見ながらちょっと考えごとをしていると、僕の腰に前足を当てて、ルクが伸びーっとしてきた。

なんだ、あんまりない行為だな。僕にしてほしいことでもあるのかな？

「ああルク、それで爪研いじゃダメ！」

僕が様子を窺っていると、ルクが部屋の絨毯をバリバリと引っ掻き始めたので慌てて止める。

爪研ぎ用の物はちゃんと用意してあるのに、ルクがこういうことするなんて珍しいな。

あまり強く叱ったつもりはないんだけど、ルクはしょぼんとして部屋を出ていってしまった。

なんとなく元気がなさそうだったけど、どうしたんだろう？

僕がゼルドナを統治してから、さらに情報屋が『勇者が魔王の軍門にくだった』とか『エーアストの王女もてごめにされている』などのガセ情報を流してしまったため、ちょっと世界は混乱した。

いや丸っきりガセというわけでもないんだけどさ。

おかげで、世間からはすっかり『魔王軍』と呼ばれてしまってるが、ヴァクラースたち本物の魔王軍はどう思ってるんだろう？

オレたちこそ本物の魔王軍だ！　とか自爆してくれないものかなあ。

そしたら魔王のフリしてる僕の誤解も解けて、対魔王連合軍を作るのも楽なんだけどな。

さて、ドラゴン退治やらゼルドナ侵攻やら色々あった一ヶ月だけど、また翌月となって神様から経験値をもらえる日がやってきた。

今回も１００億もらい、現在ストックと合わせて約２１９億４０００万ほどの経験値。

そして女神様からのスキルは、なんと最初に出てきたあの『スキル支配』だった。

コレずっと気に掛かってたんだよね。

やっぱり最初ってことで印象が強くて、取り逃したのがすごく悔しかったんだ。

まああのときはどうしようもなかったんだけどさ。

このSSランクスキルを１０００万経験値使って取得する。

スキル能力は最初に出てきたときに思った通り、相手スキルを封じたり、コピーしたり、強奪できたりするモノだった。

ただし、基本的には相手の持つスキルの中で一つしか、『スキル支配』の対象にできないらしい。

つまり、『腕力』や『魔力』などの基礎スキル、『剣術』や『属性魔法』などの戦闘スキル、『狂戦士』や『魔眼（まがん）』などのレアスキルのうち、『スキル支配』の効果を使えるのは一つだけ。

そして『スキル支配』のレベルによって、相手から選択できるスキルやできる効果も変わる。

スキルレベルが低いと、相手の弱いスキルを封印するくらいしかできないが、スキルレベルが上がれば、強いスキルすら強奪対象になる感じだ。

もちろん、自身のベースレベルも関係してくる。

ただし、『称号』はコピーしたり奪うことはできず、能力ダウンさせるだけにとどまるようだ。

ちなみに、スキルの封印や称号の能力ダウンは、一定時間が経過すると自動的に解除（かいじょ）される。

重要なのは、一度能力を仕掛けると、その後はもう二度と同じ人に『スキル支配』は使えないこと。

例えば『魔眼』を封じると、同じ相手からはもうスキルコピーも強奪もできない。

あとからやっぱり奪おうとか思っても無理なのだ。

なので、『スキル支配』を使うときは慎重に考えなくてはいけない。

それと、強奪したスキルを相手に再び戻すときは、せっかく手に入れたそのスキルもなくなってしまう。

相手のスキルを強奪せずに取得しようと思ったら、コピーするしかないわけだ。

スキルの移動時にはレベルも1に戻されるみたいなので、安易に奪うと、返すときに相手は悲しむことになる。

もう一つ気を付けなくちゃいけないのは、スキルの効果対象が一人なので、同時に複数人からスキルを奪ったりはできない。

よって、乱戦時にはあまり向かないスキルといえる。

モンスター相手にも、残念ながら使えないようだ。

ヴァクラースたち悪魔相手に『スキル支配』が有効かどうかは、試してみないとちょっと分からないな。


ざっと調べてみたところ、こんな感じだ。

　しかし、仮に『腕力』スキル一つ封じられるだけでもかなりキツイのに、レアスキルや称号を封じられたら、大幅な戦力ダウンとなるだろう。

　なんとも底意地の悪いスキルだ……

　問題はどれくらいレベルを上げるかだけど、かなり汎用性の高さを感じたので、追加で102億2000万経験値使って一気にレベル10まで上げてしまった。

　すると、『スキル支配』の最終形態はとんでもないモノだった。

　なんと、相手の全スキル（称号を除く）を強奪できる能力を覚えた。

　スキルが全てなくなったら、たとえベースレベル100のSSSランク冒険者でも激弱に成り下がる。恐らく、Cランク冒険者程度になってしまうのではないか？

　素のポテンシャルだけではなかなか戦えないからね。

　レベル9から10にするのに51億2000万経験値も掛かるだけに、最終能力は絶大なモノだった。

　レベル10になると、『称号』も一定時間ではあるが、完全にその能力を封じることができるようだ。

　そして、全強奪すると相手にはもうスキルを戻せない。だから安易に奪ったら大変なことになる。

　使うときは充分注意しなくてはいけないね。

『スキル支配』を相手がどれくらいレジストできるのかは分からないが、ベースレベル９９９の僕が使う以上、恐らくそう簡単には防がれないだろう。

　このスキルをリノたちで試してみることに。

　リノからは『超五感上昇（スーパーセンシティブ）』を、フィーリアからは『聖なる眼』をコピーしてみた。

『超五感上昇（スーパーセンシティブ）』はSランクスキルなので、レベル10にするには10億以上の経験値が掛かる。

　そこまで使うのはちょっともったいない気がしたので、２億５０００万ちょっと経験値を使ってレベル８にした。

『聖なる眼』はSSランクなので、スキルアップがさらに大変だ。一応、３億ほど経験値を使ってレベル５にした。

　現状はこれで充分なのではと思う。

　ちなみに、ソロルとフラウは『神授の儀』を受けていないので、特にコピーするようなレアスキルは持ってなかった。

　そして勇者のメジェールからは、どのスキルをコピーしようかかなり悩んだ。

　欲しいのは色々あるが、一つ選ぶとしたら『夢幻身（アンタッチャブル）』か『思考加速（スロービジョン）』かな。

　どちらもSSランクスキルだ。

『夢幻身（アンタッチャブル）』はあらゆるダメージが無効となる無敵状態になれるけど、その時間はあまり長くない。

果たしてレベル10でどれくらい無敵時間があるか？

僕は『神盾の守護（イージスフィールド）』や『蜃気楼の騎士（ミラージュナイト）』を持っているので、使う機会も少ないように思う。

それに対して、『思考加速（スロービジョン）』はパッシブスキルとして常に発動しているので、汎用性が非常に高い。

一応ずっとスローで見えているわけではなく、何か瞬間的に注視（ちゅうし）したときなど、必要に応じて自動的にスローになるのだ。

この『現象がスローに見える能力』というのは、様々な事態への対策として重宝（ちょうほう）するはず。

ということで、『思考加速（スロービジョン）』をコピーすることにした。

そして12億6000万経験値使ってレベル7まで上げる。

ついでに、相手の少し先の行動が見える『超越者の目（デウスプレディクト）』レベル6も、6億4000万使ってレベル7にした。

この二つのスキルがあれば、たとえ鋭い攻撃を受けようとも見極（みきわ）めるのが容易になるはず。

あとは『超再生』スキルを、16億使ってレベル5に上げた。

最初、レベル4にして経験値を損（そん）しちゃったと思ったけど、ゼイン戦であれほど役に立つとは思わなかった。

『始祖の竜』対策のためにも、レベル5にして損はないだろう。

『神盾の守護(イージスフィールド)』でダメージを99%カットできるし、これで防御面の不安はほぼないと思うけど……ゼイン戦は本当にいい経験になったよ。

もし足らないと思ったら、まだまだ防御面は強化していきたい。

今回の強化はこれで終了とし、残り約76億6000万の経験値はストックしておいた。

シャルフ王の『統(す)べる者』とか、フォルスさんの『要塞(フォートレス)』が欲しいなあと思ったけど、『称号』だからコピーできないんだよね。

まあさすがに贅沢すぎる望みか。

2. モンスター襲来(しゅうらい)

ガリッガリッガリッガリッ……

「な、なんだ？　ルク、どうしたの？」

僕が机で仕事をしていると、突然後ろからルクが椅子(いす)の背もたれをかじってきた。

何やら難しい顔をして椅子をガリガリ噛(か)んでるけど、これってどういう意思表示なの？

「お、お腹空いたのかな？　でもさっきご飯食べたよね？」

僕が戸惑っていると、ルクが横に来て机の上に飛び乗った。

「ああっ、ルク、書類が……」

慌てる僕の前で、今度は机の上でひっくり返ってゴロンと転がる。

いやルク、それはちょっと無理があるだろ。身体がはみ出して、今にも落っこちそうだぞ⁉

いったい何がしたいんだ？

「ま、魔王様の従魔はさすがに威厳がありますな。なんとも雄々しいお姿で……」

ルクの奇行に僕がオロオロしていると、執務を手伝ってくれてた補佐官がひきつった表情でフォローを入れる。

うーん、僕の機嫌を取ろうと無理矢理褒めてるな。

この姿のどこに威厳があるのか……伝説の幻獣とはとても思えないような有り様だ。

「ル、ルク、ご機嫌みたいだね。いい子だから机から降りてくれないかな？」

ルクは無邪気な顔で転がり続けるけど、その身体の下で書類はすっかりめちゃめちゃになってしまった。

その姿勢のまま、無言でしばらく僕を見つめたあと、ルクは机から降りてのそのそと去っていった。

　今のはなんだったんだ？

　ゼルドナを統治してから忙しい日々が過ぎ、付け焼き刃だった僕の魔王ぶりも、多少は板に付いてきた。

　最初は不安ばかりだったけど、ありがたいことに改革は予想以上に順調に進んでいる。

　一時は冒険者たちがほとんど逃げ出してしまったんだけど、少しずつまた戻ってきて、現在では以前よりも増えているらしい。

　ゼルドナは安全だという噂が徐々に広まったからだ。むしろ前国王のときより平和だし、経済も景気よく回っている。

　元々冒険者はお金の匂いに敏感だ。それに度胸も好奇心もあるので、魔王に支配されながら平和という国に興味を持ったと思われる。

　そういった理由で、続々と入国者が増えているとのこと。

　冒険者が集まる国は経済も活気づくのでありがたいことだ。

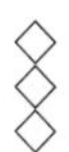

　そんなある日の午後、それは突如起こった。

王宮の一室で僕たちが内政のことや今後について話していると、街を見回っていたリノが慌てて飛び込んできたのだった。

「なんか街の人が大騒ぎよ⁉　よく分かんないいんだけど、魔王に騙されたってみんな言ってる！」

「なんだって⁉」

僕たちは城を飛び出し、急いで街まで向かう。

「た、大変だっ、魔王の手下軍団が一気にここに向かってきてるぞっ」

「とんでもない数のモンスターらしい。オレたちはもう終わりだーっ！」

すでに人々は大混乱になっていて、ショックで正気を失っている人すらいるようだ。

僕は特に大騒ぎしている人だかりへと寄って話し掛けてみる。

「鎮まれ、いったい何ごとだ？」

「ああっ、あんた騙したな⁉　忠誠を誓えば何もしないって言ったくせに！」

「金や食料バラまいたのも、オレたちを油断させるためだったんだな！」

「魔王様のこと信じてたのに！」

なんだなんだ？　話が全然見えないぞ⁉

何が起こったのか説明してくれなきゃサッパリ分からない。

てか、この騒ぎの元は僕がやったと思われてるのか？

いったいみんなは何を恐れているんだ？

「モンスターの大軍団をここに呼んで、ゼルドナを完全に乗っ取る気に違いない！」

「オレたちを安心させてから準備を進め、いよいよ本格的に侵略を開始したってことか」

「そこの勇者、どうせあんたもグルなんだろ⁉」

「あたしたちはどうなるの？　この国を追い出されるの？」

「そんな生やさしいもんじゃねえ、皆殺しにする気だ！　ちくしょう、魔王なんか信じたオレがバカだった！」

モンスターの大軍団？

……まさか、本物の魔王軍が来たのか⁉

それでみんなパニックになってるんだ！　ようやく話が見えてきた。

僕は比較的落ちついている人を見つけ、いま起きていることの詳細を聞き出す。

事の発端（ほったん）は、冒険者たちがいつも通りクエストに出掛けると、途中でモンスターの大移動に出くわしたとのこと。

それらがいっせいにゼルドナ王都を目指していることを知り、慌てて戻って冒険者ギルドに報告したようだ。

本来なら国王である僕のところにも通達されるはずだが、モンスター襲来の首謀者が僕だと思われたため、敢えて報せずにいたらしい。

騒ぎはギルド内だけでは収まらず、街中に伝染してリノが知ることとなり、そしてようやく僕にも届いたというわけだ。

目撃情報では、モンスターは総勢一万近くいると思われ、しかも相当手強いヤツまで混じっているらしい。

もちろん、こんなことは初めてで、本来なら有り得ない出来事だ。

街のみんなが、魔王（僕）の仕業と思うのも無理はない。

いや、コレは明らかに誰かが意図してやっている。

恐らく、本物の魔王軍――エーアストにいるヴァクラースたちが仕組んだことだろう。

僕がエーアストにいたときも、デュラハンロードやヘルナイトたちが、通常では有り得ないほど集まって王国に迫っていた。

魔王軍が魔物たちに影響を与えていることは明白だ。

あのときと同様に、なんらかの力を使ってモンスターを操っていると思われる。

ひょっとして、僕のゼルドナ侵略を知った魔王軍が、探りを入れるためにモンスターをけしかけたのかもしれない。

この状況に、僕がどういう対応をするのか確かめたいんだろう。

ゼルドナがパニックになれば狙い通りだろうし、首尾よく僕を始末できれば上々といったところだ。

とりあえず、まずはこの混乱を鎮めないと！

「皆の者落ち着け！　そのモンスターの軍団は我の手下ではない。勝手にここへ向かっているだけだ」

「そんな偶然（ぐうぜん）あるわけないだろ！」

「この期（ご）に及（およ）んでまだワシらを騙そうというのか⁉」

うーん、こりゃまいった。

確かにみんなの言う通りで、魔王（僕）がいるときにたまたまこんなことが起こるなんて、いくらなんでも都合が良すぎる。

これじゃ何を言っても信じてもらえないだろう。

「ちくしょうっ、こんな国なんて来るんじゃなかったぜ。今からここを離れても、果たして逃げ切れるかどうか……」

「おい、この国を見捨てる気か？　俺たち冒険者が救ってやらずにどうするんだ！」

「しかし、ここにいる奴らだけでモンスターの大群（たいぐん）を討伐するなんて無理じゃ……？」

「このままじゃどうせ全滅だ。国中の冒険者を集めて命懸けでやるしかねえ！」

事態を知った冒険者たちが、モンスターたちと戦うことを決めたようだ。

魔王がいると知った上でこの国に来た人たちだけに、皆かなりの命知らずと見える。

その実力も、SSランクやSランクといった上級冒険者ばかりだ。

冒険者たちはお互い覚悟を決めるように頷（うなず）いたあと、王都の外へと駆けていく。

「アタシたちも行こう！」

メジェールに促され、僕たちも王都の外に向かった。

「なるほど、こりゃあ凄いな……」

王都の外に出ると、すでにモンスターの大軍団は目の前まで迫っていた。

その数、確かに一万近くいるかもしれない。

あまりに多すぎて、感覚でしか総数が分からないほどだ。

リノからもらった『超五感上昇（スーパーセンシティブ）』と『遠見』のスキルでモンスターの姿もよく見えるが、聞いた通り手強いヤツも多く存在している。

ドラゴンはいないようだが、ワイバーンやトリプルホーン、マンティスリーパー、あのデュラハンロードの姿も見える。

強力なところだと、グランドスフィンクスやトロールキング、デスガルーダにスローターファングやら、さらにグリーフジャイアントなんて凄いのもいるな。

体長は十メートルを超え、怪力で無尽蔵（むじんぞう）の体力を持つグリーフジャイアントは、一部の古代魔法まで使ってくる怪物だ。

　ドラゴンと同クラスといっていいだろう。

「くそ……いくらなんでも、こりゃあどうにもならねえ……」

　覚悟を決めて飛び出してきた冒険者たちだが、絶望的な状況を見て呆然と立ち尽くしている。

　集まった冒険者は数百人にもなるが、こんな強敵だらけが相手では、上級冒険者といえども撃退するのは絶対無理だ。

「魔王様お願いです。生涯忠誠を誓いますので、どうかモンスターを引きあげさせてくださいませ……」

　うわ、いつの間にか僕の後ろで、ゼルドナ国民たちが頭を地につけて土下座してた。

　待って、そんなことされても困るって！

　僕が首謀者じゃないんだから。

「どうするのユーリ？　ゼインを呼ぶ？」

「うーんあまりにも大群過ぎて、ゼインが暴れると収拾がつかなくなるかも。下手すると辺り一帯を破壊しちゃうかもしれないからね」

　メジェールの案は悪くないけど、周辺が焼け野原になっちゃうのはちょっと困る。

　ゼインの力は手加減が難しい。

手を借りるのは最終手段にしたいところ。

モンスターを倒すだけなら、僕とメジェールだけでもなんとかなりそうだけど……

とにかく数が多すぎて、全滅させるには時間がかかる。

強力な『界域魔法』などを使っても、さすがに一万もの大軍団相手では攻撃が追い付かない。その間に王都を襲われたら、大変な被害が出るだろう。

そうなるくらいなら、たとえ焼け野原になろうともゼインに薙ぎ払ってもらったほうがマシだ。

ほかには超強力な重力魔法『異界無限黒洞（ブラックホール）』を使う手もあるけど、ゼイン以上に周辺を破壊しちゃうから本末転倒（ほんまつてんとう）になる。

さてどうしようか……


……………そうだ、これを試してみよう！


「僕にいい考えがある。ただ、それを実行するには少し時間がかかるんだ。みんなにはそのための時間稼（かせ）ぎをしてほしい。危険なお願いだけど、やってくれるかな？」

「私たちにも出番があるってことね！　もちろん任せて！」

「そのお言葉を待っておりましたわ！　ユーリ様のお力になれるなら、この命なんて惜しくありません」

「いやフィーリア、命は大事にしてくれ。みんなも危険だと思ったらすぐに逃げてほしい」

「了解だ！　くうう～、アマゾネス最強『戦皇妃』として腕が鳴るぜ。久々に大暴れしてやる！」

「ご安心クダサイご主人様、大活躍してみせマスよ！」

みんなはモンスターの大軍団に怯むことなく、僕の頼みを了承してくれた。

彼女たちには、モンスターの足止めをお願いした。

無理に倒す必要はなく、ただほんの少し時間を稼いでくれればそれでいい。

今のリノたちは『眷女』になってパワーアップした上、地道にスキルアップも重ねて、今やSSSランク冒険者を超えるほどの強さに成長している。

そして、僕の『魔導具作製』スキルレベル10で作った、強力な魔装備も渡してある。

なんとか持ち堪えてくれるはずだ。

「メジェール、みんなをよろしく頼む」

「OKよ！　なぁにこのアタシがいるんだから、アンタは心配せずに自分のことに集中していいわよ」

「ありがとうメジェール、頼りにしてるよ」

「ンガーオ？」

「ああ、もちろんルクも頼りにしてるよ。みんなを守ってあげてくれ」

「ンガーオ、ンガーオ！」

「じゃあいくわよみんな！」

「ユーリ、ちゃんと私たちの活躍を見ててね」

「分かってる。みんな気を付けてね。慌てず冷静に戦うんだよ」

「「「「了解ーっ！」」」」

一声気合いを入れて、メジェールたちは目前に迫ってきたモンスター軍団へと突っ込んでいった。

よし、僕も急いで準備しないと。

とその前に、みんなの援護を先にしておこう。

「崇めよ、我この地を統べる覇王なり！『支配せし王国』っ！」

これは『神域魔法』にある弱体化結界で、この中にいる敵の能力を大幅に制限する魔法だ。

最大で相手の力を百分の一まで下げるが、相手の耐性によって効果も変化するので、通常はそこまで弱体化はさせられない。

　しかし、強力な魔法であることには違いなく、目の前のモンスターたちも大きくその能力が低下している。

　効果範囲も非常に広く、大軍ひしめく戦場をまるごとカバーできるほどだ。このモンスターの大群も、ほぼ全て結界内に収まっている。

　これならみんなの力も充分発揮（はっき）できるはず。

　あとは僕次第だ。アイテムボックスから聖剣『冥霊剣（エリュシオン）』を取り出し、僕の魔力を注ぎ込んでいく。

「モンスターどもめ、『戦皇妃』の一撃を喰らえーっ！」

　さて、真っ先に敵とかち合ったのはソロルだ。

　左手に持つ盾で相手の攻撃をいなすと、右手の大剣で大型モンスター――トロールの横腹を勢いよくはたいた。

　すると、まるで巨大ドラゴンの尻尾で振り払われたかのように、トロールは周りのモンスターたちを蹴散らしながら一直線にブッ飛んでいった。

　これは、ソロルに渡した魔装備――『岩打ちの大剣（ベルグランデ）』の効果だ。

　この剣には『重力魔法』が付与（ふよ）してあって、能力を発動させると剣身に超重力が発生し、それで攻撃すると数トンもの衝撃を相手に与えることができる。

それは巨大な岩すら軽々砕いて吹き飛ばすほどの威力だ。もちろん、その衝撃のまま相手を斬り裂くこともできる。

今回の目的は足止めなので、ソロルは敢えて斬り付けずにトロールを吹っ飛ばしたようだ。

それによって多くのモンスターが巻き添えになり、混乱状態となっている。

「ノロマさん、こっちへおいで！」

リノがモンスターの間をスルスルとすり抜け、手に持つ短剣で敵の足を次々と斬り付けていく。

彼女が持つ魔装備は『紫光の短剣』という物で、その能力を発動すると刀身を光に変えることができる。

これは実体を持たずに光で斬り裂く能力なので、相手は防御不能だ。

そしてリノは『敏捷』、『回避』、『反応』などのスキルが育っているので、敵の攻撃もおいそれとは喰らわない。『眷女』の効果で、ステータスもレベル450相当だしね。

リノによって足を負傷したモンスターたちが邪魔となり、群れの歩みが遅くなっていく。

これも上手い足止めだ。

「コレを喰らうデース！」

フラウが少し大きめの矢を放つと、その矢が進む直線上のモンスターたちが激しく吹き飛ばされていく。

彼女には『月神を喰らう弓』という魔装備を渡した。

この弓には追尾機能効果が付いていて、多少狙いが外れても自動で修正してくれる。成長したフラウの腕なら、そう簡単には的を外さないだろう。

そして放つ矢のほうには、『蹴散らす砲弾』の効果が付いている。

これは矢の貫通力をなくした代わりに、周囲の物を衝撃波で強烈に弾く作用がある。

これによって、矢の飛んでいく先は片っ端から吹き飛ばされるのだ。

殺傷能力は下がるが、足止めとして非常に有効といえる。

「ユーリ様に刃向かう下等な生物たちよ、その身をもって神の怒りを知りなさい。『邪悪たる存在の進撃』っ！」

じっくりと詠唱したフィーリアが魔法を放つと、真っ黒な霧のような闇が一気に広がり、それに包まれた大勢のモンスターたちがバタバタと倒れていく。

これは迷宮の最上位死霊などが使ってくるレベル10の『闇魔法』で、広範囲にわたってレジスト困難な重い呪いを掛ける効果がある。

喰らえばパーティー全員が麻痺や鈍化、気絶、思考停止などの状態異常に陥り、全滅不可避なほど強烈だ。

フィーリアには『解放の杖』という魔装備を持たせた。

これは未習得の魔法——装備者が覚えているレベルの、二つ上までの魔法が使えるようになる杖だ。

例えば、フィーリアは『闇魔法』がレベル8なんだけど、この杖を持つと、最上級であるレベル10までの『闇魔法』が使える。

ただし、『重力魔法』や『界域魔法』などの上位魔法には、『解放の杖(エレフセリア)』の効果を適用することはできない。

「ウヒヒヒ、なんて気持ちの良いことでしょう。暗黒のパワーを試せて最高の気分ですわ」

フィーリアは邪悪な笑(え)みをこぼしながら、また次の詠唱をして魔法を撃ち放っていく。

さっき神の怒りを知りなさいとかどうとか言ってたけど、どちらかというと魔王の怒りって感じだよね。

めちゃくちゃ楽しそうだし、ちょっと怖いんですけど……

うーん、フィーリアは王女として愛情深く育てられたはずなのに、どうしてこんな子になっちゃったんだか。

ちなみにフィーリアは光属性が向いてるはずなのに、本人は闇属性が好きということで、結局『闇魔法』ばかりレベルを上げているようだ。

本当は『光魔法』を育ててほしかったけど、元々フィーリアに『光魔法』を習得してもらったのは僕がそれを継承したかっただけなので、その後どう魔法を育てようとフィーリアの自由だ。

しかし、聖なる力を持つ王女様が『闇魔法』というのもなあ……

まあその辺はあまり深く考えないことにしよう。

「ンンンガアアアアオオオオオッ！」

真の姿『キャスパルク』になったルクは、金色の体毛を逆立たせて強烈な雷撃を撃ち放つ。

ルクの強さはすでにドラゴンを軽く凌駕しているので、手強いモンスター軍団といえどもまるで相手じゃない。

体格もそこらの大型モンスターより遥かに大きく、その両手の爪や体当たりで軽々蹴散らしていく。

その迫力に、怖いもの知らずなはずの凶獣たちが震え上がってるほどだ。

「みんなやるじゃない！　アタシも負けてられないわね」

メジェールは『飛翔』を使って飛び上がると、ザコを無視して、強敵グリーフジャイアントへと向かっていく。

ドラゴンと同格のグリーフジャイアントは、一体ですら街を壊滅させるほど危険な存在だ。

それが、この軍団の中には何体もいる。

これだけいれば、王都どころか一国すら滅ぼすことが可能かもしれない。

そのグリーフジャイアントに一気に接近すると、メジェールは必殺技を打ち込んだ。

「勇者の技を喰らうがいい！　『剣舞(けんぶ)・桜花零式百火魎嵐(おうかぜろしきひゃっかりょうらん)』んんんーっ！」

これは目にも留(と)まらぬ勢いでトルネードのような斬撃(ざんげき)を繰り出し、相手を粉微塵(こなみじん)に粉砕する技で、そのあまりの速さに空気を裂く剣から火花が散るほどだ。

イザヤの奥義『異界千億無限の一閃』より手数は少ないけど、その分一撃の威力は大きい。

これを喰らって、グリーフジャイアントは一瞬で消滅した。

ちなみに、メジェールは僕の作った魔装備ではなく、エーアスト国から譲(ゆず)り受けた国宝の剣『蒼輝閃剣(グレンツエント)』を使っている。

聖剣ではないけど、斬れ味バツグンな上、聖なる力が込められていて、魔の者に対して大きな効果を発揮するらしい。

ずっと使っているから愛着もあるようだ。

グリーフジャイアントを瞬殺(しゅんさつ)したメジェールは、次のグリーフジャイアントに向かってまた飛んでいく。

「な、なんなんだ彼女たちは!?　あの手強いモンスターたちを軽々蹴散らしていくぞ」

「す、す、凄すぎる、たった五人なのに圧倒的じゃないか！」

「魔王の側近……魔王ガールズの強さがこれほどだったとは……」

「勇者もさすがだ。ドデカい巨人を次々と仕留めていくぜ」

「伝説の幻獣キャスパルクもとんでもないぞ！　この調子なら、なんとか撃退できるかも」

「……いや、やっぱり数が多すぎる。彼女たちをすり抜けて、モンスターどもがこっちにやってきてるぞ」

　メジェールたちの戦いを見て、ゼルドナ国民や冒険者たちが感嘆（かんたん）の声を上げている。

『支配せし王国（キングダム）』の効果によりモンスターたちはかなり弱体化してるのもあって、みんなは大きく押している状況だ。

　時間さえあれば、メジェールたちだけでモンスターを全滅させることも可能かもしれない。

　しかし、五人ではさすがに手が回らず、討ち漏らしたモンスターたちが王都目前まで迫ってきた。

　もう間もなく到着してしまうだろう。まさに絶体絶命（ぜったいぜつめい）だ。

　だが、みんなが時間を稼いでくれたおかげで、僕の準備――そう、『冥霊剣（エリュシオン）』への魔力の注入がいま終わったのだった。

「みんな、モンスターの足止めありがとう！　もう大丈夫、あとは僕がやるからみんなは下がって！」

僕の命令でメジェールたちとルクは素早く後退し、入れ替わりで僕がモンスターの前に立つ。

そして、魔力を最大まで込めた『冥霊剣（エリュシオン）』の、秘めた能力を一気に解放した。

「時の狭間（はざま）で眠れ！　『冥界転葬（ハデスフューネラル）』っ！」

その瞬間、各モンスターはほの青く光る透明（とうめい）な壁に囲まれ、動きを停止した。そして一瞬にして全てが消え去った。

これは敵対者の周りに次元の断層（だんそう）を召喚し、個別にその牢獄へと閉じ込め、そのまま異次元へと転送する技だ。

大量の魔力を使ったおかげで効果範囲も相当広く、眼前に大きく広がっていたモンスター軍団を丸ごと消去できた。

空にいたヤツも例外ではない。

この『冥霊剣（エリュシオン）』の力を一度試しておきたかったんだ。

使ってみないと、やっぱりよく分からないからね。

人間相手には実験しづらかったし、モンスターが攻めてきてくれてちょうどよかった。

ありがとう本物の魔王軍！

「すごーいユーリ」

「さすがユーリ殿だぜ！」

一度後退したみんなが僕のもとにやってきた。

「みんなが頑張ってくれたおかげだよ」

「ああ、ユーリ様からそんなお言葉をいただけるなんて！」

「ご主人様、もっと褒めてクダサーイ」

「ンガーオ！」

ルクが得意満面に鳴いたあと頭を押し付けてきたので、よしよしと撫でてあげる。

それを見てリノたちも頭を向けてきたので、みんな撫でてあげた。

「しっかし、まーた派手なことやったわねえ。アンタほんと呆れるほど強いんだから」

「いい実験ができたよ。これで少しは魔王軍も痛手を負ってくれてればいいんだけどね」

戦闘を終えて、僕らは王都へと戻っていく。

「な……なんだ今のは……？　一万のモンスターが一瞬で消えちまったぞ!?」

「こんなことがあるわけない。ひょっとして全て幻術だったんじゃないのか？」

「いや、モンスターは確かに存在していた。アイツらに襲われて怪我をした人間だっているんだ」

「じゃあ、魔王はなんでわざわざ呼び寄せたモンスターを返り討ちにしたんだ？」

「自分の手下じゃないって何度も言っていたけど、まさか本当にモンスターが勝手に来たってこと？」

「それに今の神聖な光……ひょっとしてアレは聖剣じゃないのか？」

「いや、魔王なんだから魔剣だろ？　聖剣なんて持てるはずがない」

今の戦いを見ていた人たちがざわついている。

これで僕の仕業じゃないってことを信じてくれたかなあ。

「待て、騙されるな！　きっとコレも魔王の罠だ！」

「でも、このゼルドナを救ってくれたぞ？」

「そうだ、魔王様以外じゃオレたちは全滅だった」

「味方にしたら、これほど心強いのはいないぞ」

「ああ、さすが魔王といったところだ」

「ヤラセに決まってるだろ！　国民を信用させて何かを企んでるに違いない！」

「でもヤラセをする意味なんてあるか？　こんな力があるならなんでもできる。オレたちの利用価値なんて何もないだろ？」

「確かに……それに、なんだかんだと国民の生活も豊かになってるしな」

「わしゃ魔王様を信じてみる気になったわい」

「いいや、オレは絶対に気を許さないぞ」

まだまだ国民は、僕に対して疑心暗鬼みたいだな。まあそれも仕方ない。

いざというときにゼルドナにすぐ指示が出せるように管理してるだけだから、とりあえず無駄に逆らうようなことさえなければそれでいい。

今回は僕のせいで狙われちゃった気がするので、ゼルドナの人には少し申し訳ないことをした。

ただ、放っておいてもいずれ絶対攻めてきただけに、わざわざ僕がいるときに来てくれたってのはむしろありがたいことなのかも？

とにかく、無事撃退できて良かった。

しかし、こんな無茶なことを仕掛けてくるってことは、魔王軍もちょっと焦り(あせ)始めてるのかもしれない。

ぼちぼち動き出してもおかしくないな。充分警戒することにしよう。

ちなみに、一万ものモンスターを倒したけど、経験値はほとんど入らなかった。

『冥界転葬(ハデスフューネラル)』という攻撃は、敵を生きたまま封印するような技なので、仕留めたという扱いにならないのかもしれない。

経験値ごと異次元に飛んじゃった感じなのかなあ。ちょっともったいないことしたかも？

ま、あの状況じゃしょうがないか。

安堵したゼルドナ民たちをその場に残し、僕たちはまた王宮へと戻った。

3．女スパイは暗躍する

「ここが『魔王』の支配するゼルドナ王都ね」

セミロングほどの髪をうなじで結んだ女性――二十三歳のケイパー・ミスチフは、薄茶色の前髪をかき上げながら、前方に広がる街並みを見渡す。

彼女はつい先ほど――昼過ぎにこの王都へと到着したばかりで、地方から都に来たおのぼりさんのように、好奇の目を輝かせながらあちこちを眺めている。

何せ、今や全世界で話題となっている噂の国だ。目に映る全ての物が興味の対象となるだろう。

魔王に侵略された国だけに、正直どんな危険があるのかも分からない。ケイパーはけっして油断しないように自戒する。

ただ、入国審査については少々拍子抜けした。

悪魔のような恐ろしい奴らが門にいるかと思いきや、なんと穏やかな兵士たちがそこに立っていたのだった。

何かの罠かと警戒もしたが、検査はまったく通常通りのものだった。

そして無事入国の許可が出て街へと入ったところだ。

「ふぅん……一応噂には聞いていたけど、本当に平和なのね」

ケイパーは思わず口から漏れたという感じでポツリとつぶやく。

ゼルドナが平穏に統治されているというのはすでに耳にしていた。

その目で見るまでは到底信じられなかったが、いざ実際に来てみると、確かに魔王軍らしき奴らは見かけないし、暴れた形跡もない。

悪魔が徘徊しているような街を想像していたが、そんな姿はまったく見当たらないのだ。

ただし、人間も見当たらない。王都とはとても思えないほど、人影が極めて少ない街なかである。

「魔王が怖くて、みんな外には出られないということかしら？」

とりあえず歩いている人に近寄り、声をかけてみる。

「すみません、あたし今ここに来たばかりなんですけど、周りに人がほとんどいませんよね。何故なんですか？」

「ああ、オレも昨日来たばかりの旅行者なんだが、何やら病気が流行ってるって話だ。だから出歩いてる人がいないらしいんだが……」

詳しく聞いてみると、ここ最近急に病に倒れる人が増えたのだとか。

悪い伝染病という噂まで流れ始めたので、みんな外出を控えているらしいとのこと。

「話のタネになるかと、魔王軍を見にせっかくゼルドナまで来たんだが、まるで収穫なしさ。ま、アンタも病気をうつされないよう気を付けろよ」

そう言って男は歩き去る。会話した限りでは、なかなか剛胆な人間だ。

まあここに来るような旅行者は皆、肝が据わっているに違いない。

ほかにも何人かに声をかけて状況を聞いてみたが、全員同じような回答だった。

「伝染病ねえ……これって魔王の呪いじゃないのかしら？」

魔王軍が来たとたん、この流行病だ。額面通りには受け取れない。

それにしても、何故彼女は危険を冒してまで、わざわざ魔王の支配するゼルドナまでやってきたのか。

実はこのケイパー・ミスチフは、世界でも指折りの諜報員――いわゆるスパイなのだった。

特に潜入捜査については彼女の右に出る者は存在せず、その腕を買われて国際機関からゼルドナの調査を頼まれたのである。

そもそも侵略したのが本当に魔王軍なのかすら定かではない。

真相を探るため、この地へとやってきたのだ。

「あ。あの子にも聞いてみよう」

ケイパーは前方を歩く少年を見つけ、急いで駆け寄る。

「ねえキミ、ちょっと聞きたいことがあるんだけど？」

その少年は恐らく十八歳くらいで、ケイパーより少しだけ身長が高く、前ツバのある帽子を目深に被っていた。

彼女が声をかけると急におどおどし始め、目をそらすような仕草をする。

まるで顔を隠そうとしているようにも見えるが、何かやましいことでもあるのだろうか？

「あたし、さっきここに来たばかりなんだけど、少し質問してもいいかな？」

「あ、旅行者の方だったんですか」

ケイパーが旅行者と分かると、少年は少し安心したようにぎこちない笑顔を見せる。

まだ大人になりきれないあどけなさの残った顔で、その純朴そうな雰囲気をケイパーは可愛いと感じた。

少しタイプかもしれない。

「あたしはケイパー。さっきから旅行者しか見かけないんだけど、キミは多分違うよね？ひょっとしてゼルドナの人？」

「えーと……はい、ここに住んでます。僕はユー……じゃなくてヒロといいます」

「よかった、やっとゼルドナ国民に会えたわ！　病気が流行ってるせいでみんな外に出てないって聞いたから困ってたのよ。ねえヒロ君、もしよかったらあたしのガイドを引き受けてくれないかな？」

「ええっ、それはちょっと……」

少年はあからさまに困った顔をする。

こんな美人からの頼み事なのに、無下に断るというのか？

ケイパーは自分の容姿が優れていることを自覚していた。

美人というのは一流エージェントの条件でもある。色仕掛けは最強の武器だからだ。

「お願い、キミしか頼める人がいないの……」

ケイパーは顔を近付けながらしなを作って、自慢の胸を強調するようなポーズを取った。

健康な男ならイチコロの必殺技だ。これでオチない男はいない。

この少年もメロメロにしちゃうんだから、と自信満々に悩殺しようとしたところ……

「いえ、スミマセンがほかの人に頼んでください」

少年はぶっきらぼうに告げたあと、後ろを向いてすぐさま立ち去ろうとした。

「待ちなさい！」

思わず少年の腕を掴んでしまうケイパー。

自分の色仕掛けにオチなかった男は初めてだ。積み上げてきたそのプライドがガラガラと崩れていく。

いや、この少年には大人の色気は早すぎたということか。けっして自分の魅力が通じなかったわけではない。

　ケイパーは自分に言い訳をする。

「キミね、女性がこうやって頭を下げて頼んでいるんだから、助けるのが男ってもんでしょ！　あたしが可哀想とは思わないの？」

「で、でもですね、僕には……」

「言い訳なんてしない！　さ、あたしに付き合ってもらうわよ。王都を案内して！」

「あの、えっと、ええ〜っ!?」

　戸惑う少年を無視して、ケイパーは彼の腕を掴んだまま強引に歩き出した。

◇◇◇

「なるほどねえ……ありがとうマスター！　これは話をしてくれたお礼よ」

　ケイパーは酒場の店主に銀貨を三枚ほど渡す。

　特に秘密を聞き出したとかではなく、たわいもない会話をしただけだが、それなりに収穫はあった。

　街に人がいない以上、旅行者相手に商売をする店などで情報を集めるしかない。

　そこで少年に店の案内をさせ、そこかしこで話を聞いて回ったのだが、おかげで状況が分かってきた。

どうやら病気が蔓延し始めたのはここ一週間くらいで、原因不明のまま次々と人が倒れていったようだ。

そう聞くと、ケイパーとして思い当たるのは魔王の仕業ではないかということだが、誰に聞いても「あの魔王様はそんなことしない」という答えが返ってくる。

何故魔王をかばうのか？

ゼルドナ国民は、やはり洗脳されているのだろう。このままでは、ゼルドナは病気で滅んでしまうかもしれない。

「それにしてもヒロ君、キミはのほほんとしてるわね。ホントにゼルドナ民？」

「え、ええっ、そうですよ？」

少年は慌てたように答える。

謎の病気で外は危険だと言われているのに、少年はまるで緊張感のない様子で、こんな子が魔王の支配する国にいて大丈夫なのかしらと心配になるほどだ。

ただ、行く先々で魔王の話をすると、少年は妙に興味津々という感じでその会話を聞いていた。

そして、魔王の評判が良いと知ると、何故か少年はホッと安心したような表情をするのだった。

まったくおかしな少年だ。

「あの……僕もうそろそろ終わりにしていいですか？」

「あと一ヶ所だけ付き合ってちょうだい。そこで最後だから！」

ケイパーは両手を合わせて少年に頼み込む。

少年も、仕方ないという感じで頷いた。

◇◇◇

「ここがそのお屋敷ね」

少年の案内で街外れまで来てみると、そこには広大な土地に囲まれてポツンと大きな屋敷が建っていた。

ある有名な貴族の邸宅で、ゼルドナ王が健在だったときは日々客が来て賑わっていたというが、今は無人のごとくひっそりと佇んでいる。

『呼び出し金具』を叩いて鳴らしてみると、門をうっすらと開けて門番らしき男が顔を覗かせた。

「何か御用ですか？」

「ここってコヴァール氏のお屋敷ですよね？」

「いえ、違いますよ。ここはメンダクス様の邸宅です」

男は澄ました顔でさらりと答えたが、その表情がほんの一瞬こわばったのを凄腕諜報員のケイパーは見逃さなかった。

もとより、ここにコヴァールという貴族が隠れていることは調査済みだ。

任務に入る前に、手違いが起こらないよう確認しに来ただけだ。

「あたしったらごめんなさい、間違えちゃったわ。それじゃあ失礼するわね」

ケイパーは自然な笑顔で挨拶をすると、その場をあとにする。

「あの……ケイパーさん、なんでこんなところに来たんですか？」

「うん、ちょっとした用事があったんだけど、どうやら場所を勘違いしちゃったみたい。あ、案内はもういいわ。今日はありがとねヒロ君、お礼は何がいいかしら？」

「いえ、気にしないでください。では僕はこれで……」

ヒロという少年は軽く会釈をすると、あっさりと街のほうへ帰っていった。

「あら、ちょっとくらい口説いてきてもいいのに」

さんざん付き合わせちゃったから、もしかしてそのお返しを求められるかと思ったけど、少年は何も要求してこなかった。

　本当にケイパーには興味がないらしい。自分の外見には少々自信があったので、なんとなく寂しい気持ちになる。

ほっぺにチューくらいしてあげてもいいかなと思ってたのに。

ケイパーはふと、自分が残念がってることに気付いた。

不思議な少年で、どこか心惹かれてしまう魅力があった。

——このあたしとしたことが、あんな子供に気を取られるなんて……ちょっと悔しいわね。

少し妙な気持ちに囚われたが、自分には任務があることを思い出し、その場を離れた。

その夜。

コヴァールの屋敷に、一つの影——凄腕諜報員ケイパーが入っていく。

忍び込むという感じではなく、堂々と正面からだ。

門が閉まっていたので塀こそ無理矢理飛び越えたものの、屋敷の玄関はそのまま開けて、怪しい男たちが警備する廊下を臆することなく進んでいく。

はて、ケイパーはコヴァールの仲間なのか？

いや、そうではなく、これは彼女の持つ能力に関係があった。

ケイパーが授かった力——それは『虚陽炎』というSSランクの称号で、自身の存在を消去するというモノだった。

身体が透明になるわけではない。相手の目に映っても、ケイパーという人間を認識できないという能力だ。

例えば、闇魔法には『気配遮断（ハイドシールド）』や『隠密障壁（ステルスバリア）』というモノがある。

それは術者の出す気配や音を遮断（しゃだん）し、そして視認錯誤（オブザーブエラー）も起こさせる魔法だ。

この魔法を使えば多少の物音を立てても気付かれることはなく、姿を見られても一瞬なら認識されなかったりもする。

ただし、透明になるわけじゃないので、ハッキリ見られてしまうとさすがに気付かれるが。

ケイパーの『虚陽炎（うつろかげろう）』はコレの超強力なモノで、たとえハッキリ見られようとも、その存在を認識されることはない。

この能力のおかげで、潜入技術については世界最高と自負している。

ちなみに、これほどの力があれば暗殺もお手の物と思われそうだが、実はそうではない。

誰にも存在を気付かせない無敵の能力と思えるが、余計な行動をして術の集中力が切れると、能力が解除されてしまう弱点がある。

特に殺人などを考えようものなら、術はすぐ解けてあっさりと気付かれてしまうだろう。

よって、能力を暗殺に使ったことはなかった。

だが、潜入するだけなら問題はない。この屋敷でも、ケイパーは誰にも認識されることなくあちこちに足を踏み入れていく。

ケイパーがこの屋敷に来た理由――それは、コヴァールという貴族の屋敷に、ある組織に属する人物が呼ばれたという情報を掴んだからだ。

その組織はかなり危険な存在で、いったい誰が呼ばれたのか、そしてもしそいつが魔王の配下についたなら、世界にとって大変な脅威となる。

なんとしても真相を探らなくてはならない。

魔王のいるゼルドナ城も調査対象ではあるが、さすがのケイパーでもいきなり潜入するのは危険なので、まずは貴族の屋敷から偵察に来たのだ。

上手く情報が掴めれば、そのまま王城のほうにも調査の手を伸ばす。そういう算段だ。

屋敷内を調べ回っていると、怪しげな隠し階段を発見したので、そこから地下に下りてみる。

通路を奥へと進むと、突き当たりの部屋から話し声が聞こえてきた。

そっと扉を開けて、堂々と中に入る。もちろん、その姿を認識されることはない。

「魔毒素の散布は上手くいっているようじゃな」

「ああ、伝染病と勘違いして、国中パニック状態だ。これならアイツらにも隙ができるだろう」

「ふむ、それに乗じて一気に爆破したいところじゃが、さてどうやってアレを王城に持ち込むかが問題じゃ……」

部屋には四人の男たちがいて、何やら不穏な相談をしていた。

一人はその服装と態度から貴族だろう。恐らくこの屋敷の主コヴァールだ。

それに付き添う二人はボディガードで、残りの一人は異様な出で立ちをしていた。

そいつは呪術師のような衣装を着て、身体のあちこちに髑髏などの人骨を付けている。

なんて怪しいヤツだ。ここに呼ばれたという危険人物はコイツで間違いないだろう。

いったい何を話しているのか、ケイパーは注意深くその会話をそばで聞き続ける。

「オレの屍鬼たちに持たせて無理矢理特攻させてもいいが……ちと強引すぎるか。まあ焦らずとも、このまま王都が混乱し続ければいくらでもチャンスは来よう」

「いや、魔毒素についてはいずれバレる。なんとか早めに手を打ちたいところじゃ」

魔毒素？　伝染病？　まさか、病気が蔓延しているのは、この男たちの仕業なのか？

ということは、コイツらが魔王の部下!?

確かに、魔王の手下に相応しい邪悪そうな奴らだ。思った通り病気は自然発生ではなく、魔王が原因だった。

謎の病気を広めて全世界を滅ぼす。なるほど、武力で攻めるよりも効率がいいかもしれない。

決定的な事実を掴んだところで、ケイパーはふと異様な気配を感じた。

「ひゃあああああっ！」

自分のすぐ背後に、屍鬼の一種——屍喰鬼(グール)が佇んでいたのだった。

こんな場所に、何故アンデッドモンスターが？

思いもよらない存在を見て、思わず悲鳴を上げてしまったケイパー。そのせいで集中力も途切(とぎ)れ、術が解除されてその姿があらわになってしまう。

「き、貴様は誰じゃ!?　いつからそこにいた!?」

「バカな、こんなに接近されて気付かぬなどありえん！」

男たちは彼女を見て驚きの声を上げた。

一瞬あっけにとられたが、彼らはすぐに正気を取り戻し、ケイパーを捕らえようと一気に迫る。

「おっとまずい、それじゃさよならーっ」

とりあえず情報は掴んだ。細かい調査はまた後にやるとして、今はここから脱出しないと。

ケイパーはまた能力を発動し、その存在を男たちの意識から消す。

「ぬっ、消えた!?　まさか転移魔法か？」

「いや、まだ近くにいる。どういう術を使っているのか知らぬが、オレたちには見えないだけだ」

「なるほど。おいっ、屋敷を封鎖しろ！　すぐに女を捜し出すのじゃ！」

ケイパーの存在は男たちから消失したが、見たという記憶が消えたわけじゃない。

姿を感知することはできないが、まだ近くにいることだけは察することができた。

慌てて兵を動員し、屋敷を封鎖してケイパーを捜す。

しかし、一足早く彼女は屋敷の外へと脱出したのだった。


「ふー危(あぶ)ない危ない、あたしとしたことがもうちょっとで捕まるところだったわ。でも、なんであんなところに屍喰鬼(グール)なんていたのかしら？」

ここは王都の中だ。従僕化(テイム)されたモンスターならいざ知らず、死霊系(アンデッド)などいるはずがない。

あれは幻覚だったんだろうか？　ケイパーはいま見た事実を訝(いぶか)しむ。

何はともあれ屋敷から離れようとしたところ、周囲に突然邪悪な気配が立ち昇(のぼ)った。

その直後、地面からボコボコと土を盛り上げて何かが這い出してくる。

暗闇の中、星明かりに照(て)らされて浮かび上がったモノは……

「ウソでしょっ⁉　コイツら『殺戮者の屍(キラーコープス)』じゃないの⁉」

腐(くさ)った死者たちが辺り一面を埋め尽くしている光景だった。

『屍喰鬼(グール)』より上位のアンデッド『殺戮者の屍(キラーコープス)』は動きも速く、剣やナイフなどの武器まで使ってくる強敵だ。

それが屋敷の周囲に数百……いや千体くらい出現している。さすがのケイパーも身動きが取れなくなり、恐怖で術も解除されてしまう。

王都内でこんなことはあり得ない……いやまて、『死霊魔法』ならアンデッドを召喚することが可能だ。

これほどの死者たちを操る存在なんて……まさか!?

ケイパーはある人物に思い当たる。

「どうやらネズミを捕まえたようだな」

屋敷から先ほどの四人と警備兵たちが現れ、ケイパーのもとに近付いてきた。

「何やら姿を隠す術を持っているようだが、生者の出すオーラを消すことはできない。オレの僕(しもべ)たちは、容易にその匂いを嗅(か)ぎ付けることができる。もはや逃げられぬぞ」

呪術師(シャーマン)の格好をした男が言葉を発する。

コイツの正体は、世界に名が轟く殺し屋――様々なアンデッドを操るという最強のネクロマンサー『屍霊王(コープス・キング)』だ。

巨大殺し屋組織の一員がここに呼ばれたと聞いたが、こんな危険なヤツが魔王の配下になっていたのか！

「計画は聞かせてもらったわよ。あなたほどの殺し屋が魔王に協力していたとは……やはり病気は全て魔王の策略(さくりゃく)だったということね」

「ん？　何を言っている？　貴様こそ魔王が放ったスパイであろう。我らのことを探っていたな？」

「あたしが魔王のスパイ？　そんなわけないでしょ！」

「隠しても無駄だ。拷問で洗いざらい吐かせてやる」

なんだ？　会話が微妙に噛み合わない。

ケイパーは話をはぐらかされているのかとも思ったが、どうも相手は本気で自分のことを魔王のスパイと勘違いしてるようだ。

この状況はどういうことだろう？　彼女は必死に頭を回転させる。

「計画を知られた以上、お前の命はない。おおそうだ、お前のその能力でゼルドナ城に忍び込み、魔王もろとも全てを破壊してもらおう」

「ほう、それは名案じゃ！　こやつなら魔王の城に入ることも可能じゃろう」

「あなたたち、いったい何を言ってるの？」

魔王の城を破壊する？　何故？

ひょっとして、コイツらは本当に魔王の部下じゃないってこと!?

ケイパーは自分が思い違いをしていたことに気付く。

『屍霊王』は懐に手を入れ、赤く光る石を取り出した。

「コレは高純度の『核光焔結晶』だ。お前はコレを山ほど持ってゼルドナ城に潜入するのだ。そして人間爆弾となって魔王を道連れに自爆してもらう」

『核光焔結晶(パイロラピス)』というのは魔鉱石の一種で、砕くとてつもない熱を発するアイテムだ。ちょっとした衝撃で砕けてしまうので、取り扱いが非常に難しく、戦闘で使われることはほとんどない。主に鍛冶(かじ)作業や岩石を爆砕(ばくさい)するときなどに使用するのみである。

もし大量に砕けばとんでもない爆発が起こり、周囲一帯が吹っ飛ぶだろう。王都の中心にある王城で使えば、大変な被害が出るはず。

魔王を倒すためとはいえ、そこまでしていいものだろうか？

いや、そもそも目の前の男たちが、魔王の支配からゼルドナを救う英雄には見えない。

彼らの正体はなんなのだ？

「そんなことにあたしが協力するわけないでしょ！　魔王の部下じゃないとすると、あなたたちはいったい何者なの？」

「ひひっ、ワシらはこの国の真の支配者じゃ。コンスター様のもとでこの国を動かしていたのじゃが、あの魔王が来て以来、すっかり出番がなくなってしまった」

「コンスター？　そうか、あなたたち前ゼルドナ王に仕(つか)えていた人間なのね！」

「ふん、あの魔王ときたらこの国の復興(ふっこう)ばかりに力を注ぎ、何故か人間を救おうとしておるのじゃ。さらに本当の支配者であるワシらを捜し出しては、次々と牢にぶち込みまくる。まったくおかしな魔王じゃ」

「暮らしがよくなってるならいいじゃないの！」

「何を言う！　国民の暮らしはよくなったかもしれんが、ワシらは衰退(すいたい)する一方じゃ。ヤツのせいで、美味(うま)い物などちぃーとも食うことができぬようになってしまったわい」

なるほど、コイツらは前ゼルドナ王の一派で、魔王のせいで美味い汁が吸えなくなったということか。

　それを取り戻すために、大勢を犠牲にしてまで城を爆破しようとするなんて、これじゃどっちが魔王か分からない。

　ケイパーはようやく状況を理解する。

「魔王のことはともかく、あたしはそんな計画には協力しないわよ。命も惜しいしね」

「オレを誰だと思っているのだ？　お前を洗脳する手段などいくらでもある。が、その前に、お前の身体を楽しませてもらうことにしよう」

「そりゃあいい。ぐひひひ！」

　男たちの下卑(げび)た笑いが辺りに響き渡る。

　周りには何もない場所だ。大声で叫んでも、誰も助けには来ないだろう。

　また、能力で自身の存在を消そうとも、『殺戮者の屍(キラーコープス)』には嗅ぎ付けられてしまう。

　打つ手がないケイパーは、じりじりと迫り来る男たちに恐怖する。

　まさに絶体絶命の瞬間………

「恐るべき計画、しかと聞かせてもらったよ」


突然目の前に見知った人間が現れた。

昼間出会った少年――ヒロだ。その彼が、まるで瞬間転移してきたように出現したのだ。

計画を聞いていたということは、この少年はずっとここにいたということか？

生者を嗅ぎ分ける『殺戮者の屍（キラーコープス）』に気付かれもせず？

それは自分以上の隠密（おんみつ）能力――まさに透明人間だ。ケイパーは少年の力に驚愕する。

「ケイパーさん、僕が潜入しようと思ったら、まさかあなたが先に来ていたとは思いませんでしたよ。あまり無茶はしないでくださいね」

「キミって……いったい何者⁉」

「ケイパーさんのおかげで黒幕を見つけることができました。あとは任せてください」

ケイパーの質問には答えることなく、少年は男たちに向き直る。

「お前たちが魔毒素をバラ巻いた犯人だな？　王城の破壊まで考えていたとは危険な存在だが、大人しく投降（とうこう）するなら命だけは助けてやる。さて、どうする？」

「貴様……どうやって消えていたのかは知らぬが、敵陣の真っ只中（まっただなか）に現れるとは頭は悪いようだな。我が僕たちよ、コイツをバラバラにしろ！」

『屍霊王』が命令すると、『殺戮者の屍』たちがいっせいに少年へと襲いかかった。

「キミ……ヒロ君逃げてっ！」

我知らず、ケイパーは少年のことを庇おうと動く。

この殺し屋『屍霊王』は、たった一人で一つの街を廃都に変えたという噂もあるほどだ。

少年がとても敵う相手ではない。

「オレの『彷徨える千の屍鬼』から逃げられるものか！　骨も残さず消し去ってやる！」

手に武器を持ちながら、わらわらと寄ってくる『殺戮者の屍』たち。

今度こそ絶体絶命というとき、少年は魔法を撃ち放った。

「墳墓へ還れ、『霊地送還』っ！」

直後、白い霧が地を走るように広がると、それを受けた『殺戮者の屍』たちはズルルと土に沈み、あっという間にその姿を消した。

これは『死者浄化』の上位魔法だった。

「凄いわ……こんなの見たことない！」

「バ、バカなっ、オレの屍鬼たちがこんなにあっさり浄化されるとは……！」

「まだやるかい？」

さも何事もなかったかのように、少年は不敵な笑みを浮かべる。

「小僧……貴様ただ者じゃないな。だがオレの『死霊魔法』はレベル9、何人たりともオレの喚び出す死霊には勝てない……出でよ、『地を鳴らす巨骸鬼』っ！」

レベル9の『死霊魔法』を持つ者など、過去にもそうは存在しない。現存しているネクロマンサーでは、この『屍霊王』が唯一だろう。

その『屍霊王』が魔法を放つと、地に巨大な魔法陣が出現し、そこから大剣を持つ巨戦士が浮上した。

呪われた屍肉が集まって誕生した、体長十メートルの屍骸鬼だ。死んでいるだけにとてつもない耐久を持ち、そしてその怪力で全てを破壊する。

「コイツはただの屍鬼ではない。浄化などできぬぞ！　やれっ、『地を鳴らす巨骸鬼』っ！」

主にけしかけられ、その巨戦士は身体をズシズシ揺らして少年へと近付いていく。

思いのほか動きも素早い。疲れを知らぬ巨人に追いかけられては、逃げることも難しいだろう。

だが少年の不敵な笑みは消えなかった。

「もの分かりの悪い人だ……屍骸竜召喚！」

少年が魔法を唱えると、『地を鳴らす巨骸鬼』の召喚を超える巨大な魔法陣が出現し、そこから長い首と巨大な身体がゆっくりと浮上してくる。

腐った翼を広げつつ、ぐいんと首を振り上げたその姿は——体長三十メートルほどのドラゴンゾンビだった。

「バカなっ……ドラゴンゾンビだとぉっ!?」

レベル10『死霊魔法』が喚び出す最強のアンデッド竜。

空こそ飛べないものの、地上での戦闘力ならノーマルドラゴンを上回るドラゴンゾンビ。

その大きな顎を開けて素早く『地を鳴らす巨骸鬼』の上半身に噛み付くと、腹部から真っ二つに食い千切ったのだった。

「こ、このオレを超える『死霊魔法』……まさか、まさかお前の正体は……!?」

『屍霊王』の震える声を聞いて、少年は深く被った帽子を取る。

その下から現れた顔は……そう、ゼルドナに君臨する『魔王ユーリ』だった。

戦いをそばで見ていたコヴァールとその部下たちは、ユーリの姿を見て顔面蒼白で崩れ落ちる。

「ま……魔王様っ、こ、これはその……申し訳ありません、どうか、どうかお許しを！」

『屍霊王』を除く男たちは、地に額を擦りつけて許しを請う。

「キ、キミが魔王ユーリ!? それって本当なの!?」

ケイパーが尋ねると、ユーリは小さく頷いた。

魔王は少年のような姿をしているとは聞いていたが、まさかこんなあどけない顔の子だったとは。

ケイパーはとても信じられないといった表情で、ユーリを見つめ続ける。

「今度こそ降参(こうさん)してくれたようだね。もう逆らわないと誓うかい？」

「も、もちろんでございます魔王様」

「そこの死霊使い(ネクロマンサー)さんは？」

「あ、ああ、もう戦いはやめだ。好きにするがいい」

「分かった。なら今回だけは許す。ただ、あとで城に来てもらうからね。いいね？」

「ははっ……」

男たちは静かに返事をする。

「じゃあケイパーさん、帰ろうか」

完全に戦意喪失(せんいそうしつ)となったことを確認したあと、ユーリはケイパーを促して歩き始めた。

「ええっ、あいつら放っておいていいの⁉　大罪人よ？」

「心からちゃんと反省してくれたなら、別に罰する必要はないですよ」

昼間会ったときと同じように、なんとものんきな少年だ。

本当にこんな子が魔王なのかと、今の戦闘を見たあとでさえケイパーには信じがたい事実だった。

と、先ほどの場所からだいぶ距離が離れたところで、男たちから声が聞こえた。

「バカな魔王だ、コレを喰らってくたばるがいいっ！」

その叫び声と同時に、赤く光る物体が大量にユーリたち目掛けて飛んでくる。

『核光焔結晶（パイロラピス）』だ。これをいっせいに男たちが投げつけてきたのだ。

「大変、逃げる場所がないわっ！　これじゃどうしようもない！」

ケイパーの悲鳴を聞きながら、ユーリはやっぱりといった表情で土魔法を撃ち放つ。

「そびえ立て、『天届く巨大壁（グレートウォール）』っ！」

すると地面が瞬時に盛り上がり、堅牢無比（けんろうむひ）の土壁として天高くせり上がった。

投げられた『核光焔結晶（パイロラピス）』はその壁に阻（はば）まれ、男たちの方向に向かって熱風を跳ね返す。


ズドーーーーン……！


爆発が収まると、後方にあった屋敷ごと更地（さらち）となっていた。

当然、男たちも生きてはいないだろう。

「はぁ……まあ全然反省してないのは解析で分かってたからね。何かしてくるとは思ってたけど、まさか『核光焔結晶（パイロラピス）』を投げてくるとは……自業自得（じごうじとく）だな」

ユーリは彼らが反撃してくることを見抜いていたのだ。

「あとは病気になった人に、治療用の抗毒製剤を配れば全て解決だ」

「キミ……ひょっとしてあのとき街を歩いていたのって、病気の原因を探してたの？」

「そうです。街を回れば何か掴めるかと思ったんですが、全然分からなくて困ってました。解決できたのはケイパーさんのおかげです」

「でも、なんで魔王のくせに人々を助けようとするの？」

そう言ってから、ケイパーはじっとユーリの顔を見つめる。

その心の奥まで覗こうとする視線に、ユーリは少したじろいだ。

「……………あなた……魔王じゃないわね？」

「ええっ、いや、僕は魔王ですよ？」

突然真実を当てられて、ユーリは動揺した。

固い決意をもって『魔王』だと偽ったのだ。今さら違うとバレたら、また世界が混乱してしまう。

「いいえ、あなたは魔王じゃない。あたしには分かる。これでも凄腕諜報員なのよ？　ウソは見抜けるわ」

ズバリ言われてユーリは困惑したが、ユーリも人の内面を見る力を持っている。

このケイパーという女性は、心から信じられる人間だと確信できた。

よって、ごまかさずに真相を教えることにした。

「……そういうことだったのね。なるほど、ゼルドナが平和に統治されてるのも納得だわ」

二人で歩きながら、ユーリは一つ一つ丁寧にこれまでのことを話し、それを聞き終えたケイパーが全て腑に落ちたとばかりに頷いた。

「信じていただけるんですか？」

「なに言ってるの！　あたしを信用してくれたからこそ、こんな大事なことを打ち明けてくれたんでしょ？」

「僕のことは全部お見通しというわけですね」

「当然よ、あたしは凄腕諜報員なんだから！」

ケイパーはようやく年上の余裕というものを見せつけることができ、得意満面に微笑む。

「それで、僕の正体については……」

「分かってる。絶対に誰にも言わないわ。世界の救世主だものね」

「いえ、そんな……」

「謙遜しなくていいの！　そういえば、何故あたしに『ヒロ』って名乗ったの？」

「ああ、それは僕の本名が『ユーリ・ヒロナダ』だからです」

「なんだ、そんな単純なことだったのね」

街へと戻ってきたところで、ユーリのあどけない顔をもう一度しっかり見つめるケイパー。

夜が明けるまで一緒に過ごしたいという思いをはねのけ、この場で別れる決意をする。

「それじゃ、あたしはもうゼルドナを離れるわ。いつかまた会いましょう魔王少年君。それまで死んじゃダメよ？」

「はい。ケイパーさんもどうかお元気で……」

自分がここにいてはユーリの邪魔になると思い、ケイパーはすぐに旅立つことにした。

うっかり年下に惚れちゃったけど、自分にもやることはたくさんある。

今度は自分がユーリを助けられるよう、よりいっそう頑張らなくては！

「ユーリ・ヒロナダ……凄腕諜報員の名にかけて、絶対にオトしてみせるんだから！」

そう心に誓うケイパーだった。

4．魔王様は人気者？

「魔王様、こんにちは」

「魔王様、今日はどちらに行かれるので？」

「魔王様、良い食材が手に入りましたので、是非食べていってください」

先日のモンスター襲来以降、僕を怖がる人も日に日に減っていき、今では街なかを散歩していると出会う人たちから気軽に声を掛けられるほどである。

伝染病問題を解決したのも大きかった。あの事件によって、魔王よりも国王一派のほうが遙かに危険な存在と認識された。

そう、魔王によって、以前よりも間違いなくゼルドナは平和になったのだ。

魔王（僕）の侵略で騒然としていたのがまるで幻だったかのように、穏やかな日常が過ぎている。

本来なら絶対に考えられないようなことだが、侵略の混乱がこんなにも早く沈静化したのには、大きく二つの理由があった。

一つは、僕たちニセ魔王軍が、良識ある国民には手を出さなかったこと。

魔王とはいえ、無闇に処罰はしない――これを国民たちが理解してくれたのはありがたかった。

最初こそ公開処刑のような形で国民を脅してしまったが、あれ以来一切怖がらせるようなこともしていない。

結局ニセ魔王として制裁したのは、邪悪な国王一派のみである。

奴ら国王一派は今までやりたい放題悪事をしてきただけに、僕の清廉潔白な政治が気にくわないらしかった。

不正による贅沢三昧ができなくなり、その不満に耐えきれず、案の定ひそかに反乱を企んでいた。

けっして正義感からのクーデターではないようだった。正しい心で動いたのなら、僕だって処罰はしない。

とにかく、あれだけ僕の力を見せつけたのに、邪悪な心はまるで変わっていなかったのだ。

あれで懲りないなら、もう改心の見込みはないだろう。

僕も遠慮なく残党狩りを行い、見つける度に捕らえて牢獄送りにした。

フィーリアから『聖なる眼』をコピーし、より簡単に悪意やウソなどが見破れるようになったおかげで、邪悪な奴らを探し出すのも容易だった。

僕を暗殺するため、周囲の人たちも巻き添えにするような攻撃をしてきたこともあるが、もちろん返り討ちにして捕らえた。

今や王都の牢獄は彼らでいっぱいだ。

国民たちはずっと虐げられてきて、国王一派は憎悪の対象だったので、奴らが投獄されるのは大いに喜んだ。

ただその処分については保留していて、それは僕の次の王に任せたいと思ってる。

生かしておくのは危険ではあるんだけど、ちょっと数が多すぎて、これを独断で処刑したらさすがに外聞が悪いかなと……

なので、僕が王をやめたあと、しかるべき機関で罪の大小をしっかり精査してもらって、見合った処分をお願いしたいところだ。

ニセ魔王が受け入れられたもう一つの理由だが、前ゼルドナ王があまりにも酷すぎたということ。

独裁者として恐怖政治をしいていたので、元々国民には自由などなかった。

つまり、命さえ保証されるなら、魔王でもゼルドナ王でも国民としては大した違いはなかったのである。

ところが、どんな酷い目に遭うかと恐れていた魔王政治が、むしろゼルドナ王の頃より数倍生活環境が良くなった。

僕らによって、食糧問題や経済活動が大きく改善されたのだ。

基本的に自由だし、資産の分配で国民生活は向上したし、大豊作で食料にも困らない。

魔王（僕）に逆らう理由が特にないのだ。

こんな暮らしが続くなら魔王を倒さなくてもいい、とまで言ってる人もいるくらいである。

ということで、前ゼルドナ王が最低の愚王だったおかげで、その反動で好意的に受け入れてくれたようだ。

もしも善き王に対して侵略を行ったら、国民も黙ってなかっただろう。

たとえ恐怖で押さえ付けても、平穏に統治するのは難しかったと思う。

最初に奪うのがゼルドナで良かった。

魔王の統治もそんなに悪くないと広まれば、攻め入ったときの抵抗も弱くなるかもしれない。

情報屋にも、ゼルドナの現状を是非全世界に伝えてもらいたいところだ。

ただ、あまり魔王の評判を上げちゃうと、本物の魔王軍が侵略したときに勘違いしちゃうリスクもあるけどね。

まあとりあえず、世界制圧の出だしとしては上手くいった気がする。

ちなみに、先日モンスターの軍団を根こそぎ消滅させたことにより、この辺一帯の強モンスターがすっかりいなくなってしまった。

一応ザコモンスターはそこそこ見掛けるようだけど、大した脅威にもならない。

なので、討伐などの仕事がなくなってしまった冒険者からは、商売上がったりだと愚痴を言われてしまった。

完全におかど違いなクレームだと思うんだけど、平和になりすぎると、変な誤算も出てきますね……

そんなある日のこと。

ちょっとした仕事を終えて王の間に戻ってくると、ルクが玉座の上にゴロンと寝そべっていた。

玉座は大きめに作られているとはいえ、巨体のルクでは、ほとんどはみ出してお腹だけ乗っかっている状態だ。

まるで無理矢理玉座を塞いでいるように見えるけど、ルクは何がしたいんだ？

「ンガーオ……」

ルクは僕を見つめながら、なんだか寂しそうに鳴く。

そういえば、近頃ルクの変な行動が目に付いたけど、ひょっとして構ってほしいのか？

最近は色々忙しくて、ルクとはほぼスキンシップを取ってなかった。

考えてみれば、身体は大きいけどまだ子供で、それにすごく甘えん坊なんだよね。

一緒に遊びたいのかもしれないな。

よし、このあとの仕事は休みにしてルクと遊ぶことにしよう。

特に緊急の用件もないし、たまには息抜きしてもいいだろう。

「分かった、今日はルクと一緒にいるよ。何かしたいことはあるかい？」

「ンガーオ、ンガーオ！」

ルクは一気にテンションを上げて、玉座から飛び降りる。

そして尻尾を立ててプリンプリンと振りながら、こっちに来てと促すように歩き始めた。

僕をどこかへ連れていきたいようだ。

そういや以前の住処でも、何度かこんな感じの行動を取ったときがあったな。

まるで住処の中をパトロールするかのように、ルクはあちこち見て回ってた。

僕も散歩のつもりで、ルクと一緒に歩き回ったっけ。

こういうのって、縄張りに関する習性なのかな。

「ンガーオ」

ルクは王の間を出て上機嫌で歩き続けると、廊下の壁上方にあるちょっとした段差の上に飛び乗った。

幅五十センチもないだろうに、器用にその縁を歩いていく。

「凄いなルク、上手だな」

「ンガーオ！」

ルクは誉められるのが大好きだ。

だから、ご飯を食べるときや毛繕いするときなんかも、積極的に誉めてあげてる。

ただ、やることなすこと誉めまくってたら、ルクは誉められないと不満を持つようになってしまった。

例えばご飯を食べるときも、わざわざ僕を呼びに来て、ご飯を食べる姿を僕に見せるのだ。

それを見て僕は、「ルクは上手にご飯食べて偉いねー」と頭を撫でながら誉めまくる。

メジェールたちみんなは、僕の親バカ（？）ぶりに少々呆れてるけどね。

「ンゴッ！」

ルクがさらに上にある壁の出っ張りに飛び乗った。

今までは二メートルほどの高さだったけど、今度は四メートルくらいの位置にある。

天井は結構高いからぶつかる心配はないけど、足場としての強度の問題があるぞ。

さっきまでのはガッシリとしてたけど、いまルクがいる出っ張りは少々脆そうだ。ルクの体重には耐えられないかも……

「ルク、危ないよ、下りておいで」

「ンガーオ！」

崩れ落ちる前にルクを下ろそうと声をかけたけど、ルクは平気平気といった感じで歩き続ける。

僕が気にかけてるのが嬉しいようにも見える。

そういやルクがわざと物を落としたり、仕事の邪魔したり、変なところで爪を研いだりしたことあったけど、あれって僕の気を引くためだったのか。

ルクの気持ちを分かってあげられなくて申し訳ないことした。

とそんなことを考えていたら、危惧してた通り足場の出っ張りが壊れてルクが落ちてきた。

「ああっ、大丈夫かいルク⁉」

「……ンンゴー……」

ルクはその巨体を身軽に回転させて、難なく着地した。

けど、壁を壊しちゃったことを反省しているようで、床の絨毯を無理矢理めくってそこに頭を突っ込んでいる。

「ルク、怒ってないから出ておいで」

僕の言葉を聞いて、ルクは恐る恐る絨毯の下から頭を出した。

「ンゴーゥ……」

どうやらゴメンナサイと言ってるようだ。

嬉しくて、ちょっとハシャギ過ぎちゃったってところかな。

僕とルクは一通り城内を散歩したあと、中庭へと出た。

「それっルク、取っておいで」

「ンガーオ！」

僕が五十センチほどの円盤を投げると、ルクがそれを追いかけて、ジャンプして口でキャッチする。

そして僕のもとに円盤を持って帰り、またそれを僕が投げる。

投擲武器の『円月輪』を、安全なオモチャ仕様に作って遊び道具にしたんだ。

ルクはコレが大好きで以前はよくやってたんだけど、ここに来てからは控えてた。魔王とその従魔が楽しく遊んでる姿を見せるのは、イメージ的によくないと思ったからね。まあでも、今なら大丈夫だろう。

たまたま中庭を通りかかった人たちが、微笑ましいといった表情で僕たちを見ている。

それにしても、そんなに楽しいコレ？　もう五十回くらいやってるんだけど？

まあルクが満足ならそれでいいけどさ。

結局百回ほど繰り返したあと、ルクが僕の前でひっくり返って、ゴロンゴロン転がり始めた。

お腹を撫でてほしいみたいだから、その要求通りワシャワシャとルクのお腹の毛を掻き回す。

ルクは満足げにゴロゴロ鳴き、そしてお返しとばかりに僕の顔をベロベロとナメる。

気持ちは嬉しいんだけど、ザラザラの舌で頬の肉を持っていかれそうだ。

ついでに僕の頭を軽くかじり始めた。これもルクが好きな行為で、よく分からない愛情表現だ。

「あーっ、いったいどこに行ったのかと思ったら、こんなところでルクと遊んでたのね！」

「ご主人様の姿が見えないから、心配しちゃったデスよ！」

メジェールたちみんなが、慌てて僕のところにやってきた。

どうやら僕のことを探し回ってたらしい。

勝手に抜け出して申し訳ないことしちゃったな。

「ユーリってば、ホントにルクちゃん大好きだよね。私たちともそれくらいイチャイチャしてほしいものだわ！」

「ごめんよリノ。さ、ルク、そろそろ王宮に戻ろうか」

「ンガーオ！」

毎日魔王になりきって色々気疲れしてたけど、今日はルクと遊んでいい息抜きになった。

また明日から頑張ろう。

そして日々は過ぎ、また神様から経験値をもらえる日がやってきた。

ストックと合わせ、現在は１７６億６０００万の経験値。

そして今月の女神様のスキルは、以前取り逃した『物質生成』だった。

これはＳＳＳランクのスキルで、色々な物質を作り出せるらしい。例えば、水だったり木材だったり金属だったり。

これが超レアなＳＳＳランクだと少し不思議な感じはするけど、無から物質を作り出す能力というのは、『神の業（わざ）』の範疇（はんちゅう）のようだ。

レベル1ではありふれた物質しか作り出せないけど、レベルを上げると生成できる種類が増え、ゴールドやプラチナ、ミスリル、さらには超レア金属アダマンタイトなども作れるようになるとか。

ただし、一日に生成できる量は決まっているので、無限にどんどん作れるわけではないらしい。

もちろん、レベルに応じて生成量も増えたりするが。

この『物質生成』を経験値1億で取得し、残り175億6000万の経験値はストックしておいた。

このスキルのレベルはとりあえず1のままにして、必要になったときに上げよう。


さて、ゼルドナが落ちついたので、ぼちぼち次の行動に移ろうと思う。

侵略で乗っ取ったから、ちゃんと落ちつくまでは様子を見てたんだけど、ここはもう安心だ。

あまり一国に時間を掛けてられないので、どんどん先に進もう。

ゼルドナが陥落（かんらく）したことにより、他国の情勢もどうなるか気になってたけど、普段と変わらずに時は過ぎた。

表向きはね。

魔王軍が操ったと思われるモンスター軍団が襲来したし、裏では絶対に色々動きがあったはずだ。

こっちもあまりのんびりしてはいられない。

次に侵攻する国は、ゼルドナの北西にあるディフェーザだ。

ディフェーザはたまに周辺国とトラブるが、常識の範囲内での衝突なので、ゼルドナとは違って問題のない国だ。

なので、慎重に事を進めたいところ。

それと、ディフェーザにはとんでもない守護神がいる。

『侵されざる地(ディフェーザ)』という名の通り、建国以来一度たりとも侵略されたことがない鉄壁(てっぺき)の国だ。

まさに難攻不落(なんこうふらく)で、守ることに関しては、世界最強の国かもしれない。

そんな国だから、無理に攻め取らなくてもいいかなという思いはあるけど、ディフェーザも獲っておけば、本物の魔王軍が来たときにパスリエーダ法王国を守る盾になれる。

エーアストから法王国を攻めようとするなら、ゼルドナかディフェーザを通っていくしかないからだ。

もちろん、いざというときのために僕が管理しておきたいという、少々思い上がった狙いもあるが。

それと、これはアパルマさんからの情報だけど、ディフェーザの北には、魔王を滅するためのカギが隠されているという噂があるのだとか。

それがなんのことなのかは分からないけど、確かめるためにも、ディフェーザは獲っておきたい。

まあ、もう決めたことだし、計画通り世界侵攻を進めよう。

ちなみに、ディフェーザからさらに北西に行くと魔導国イオもあるけど、今のところそこまで進出しなくてもいいかなと思ってる。

エーアストからだいぶ離れちゃうんだよね。距離的には、エーアストから一番遠い国だ。

とりあえず、ここら辺を全部掌握してから、魔導国イオには接触しようかなと思ってる。

グランディス帝国と並んであまり敵に回したくない国だから、すんなり話が進めばいいんだけど……

そのグランディス帝国も、もちろん後回しだ。

強国相手の交渉は、こちらも大きな力を手に入れてから改めて考えよう。

「ユーリ、そろそろディフェーザを攻めるんでしょ？」

侵攻の段取りを考えていると、ふとリノが声をかけてきた。

「え？　うん、ここも居心地が良くなってきたけど、まだまだやることはいっぱいあるからね。計画通り侵攻するよ」

「私たちも一緒に行っていい？」

「ええっ⁉　みんなはゼルドナを守ってくれてたほうがありがたいんだけど……」

「わたくしたちも一緒にお供がしたいのです」

「オレも行きたいぜ！　このゼルドナに攻め入ったときは留守番でヤキモキしてたからな」

「お任せクダサイ！　ワタシの矢が火を噴きマスよ！」

うーん……この子たちは言い出したら聞かないからなあ。

まあ連れていっても問題ないとは思うんだけど、ゼルドナを留守にするわけにもなあ……

「しょうがないわねえ、アタシが留守番しててあげるわよ。勇者が残っていたほうが、国民も安心すると思うし」

「ンガーオ……？」

「はいはい、ルクも行ってきていいわよ」

「ンガーオ、ンガーオ！」

鳴き声だけで、もはや完全に意思の疎通ができてるな。

なんにせよ、またメジェールが留守番を引き受けてくれて助かった。

「すまないメジェール。一応、万が一のためにゼインは残しておくよ」

だいぶゼルドナは安定したとはいえ、まだまだ油断はできない。

メジェールだけでも大丈夫だとは思うが、ゼインがいれば、まず内乱を起こしたりする者は現れないだろう。

あとは魔王軍の動向だが、あれほど手ひどい返り討ちに遭っただけに、さすがに容易には手を出してこないはずだ。

ゼルドナに閉じこもってても仕方ないし、どんどん打って出よう。

「ゼインを連れてかないの？　てっきりゼインでディフェーザを攻略するのかと思ってたけど。じゃああの無敵の守護神は誰が倒すの？」

「それについては僕に考えがあるんだ。守護神は僕が倒してもいいんだけど、もっと適役がいる」

ということで、僕らは準備を整えたのち、ディフェーザ攻略に出発したのだった。

第三章　ディフェーザ侵攻

1．侵(おか)されざる国

「ひゃっほー！　コレ楽しい～♪　ユーリってばまた凄いの作っちゃうんだから！」

「馬車のように揺れることもありませんし、快適ですわね」

「いったいどういう仕組みで動いてるんだコレ？」

「エルフ族のみんなにも教えてあげたいので、ご主人様今度作り方を教えてクダサイ！」

僕とリノたちは、現在ディフェーザ国に向かって移動している。

みんながはしゃいでいるのは、『魔導車』に乗っているからだ。

コレは『魔道具作製』スキルで作ったモノで、自動で動く馬車といった感じの魔道具だ。

自動とはいっても、進む方向やスピードなどは僕が操作(そうさ)しているけどね。

中もそこそこ広くて、僕たち五人がゆったりとくつろげるくらいのスペースがある。

今フラウが作り方を聞いてきたけど、素材からすぐ完成品が出来上がっちゃうので、動力の原理は僕も分かってない。

魔力がエネルギー源だということだけは判明してるけど。

平均的に馬車の倍以上の速度、そして馬車と違って休みなく走り続けられるので、移動の時間は大幅に短縮（たんしゅく）される。

ゼインに乗っちゃえばどこに行くのもあっという間だけど、今回はゼルドナに置いてきた。

留守番のメジェールに何かあったら困るからね。

それに、ストーンゴーレムに乗ってドラゴン退治に移動したときも思ったけど、こういうちょっとした旅気分もいいものだ。

まあ侵略しに行くんだけどさ。

ちなみに、ルクは外を走っている。

『魔導車』と並走する程度は、今のルクには軽い運動のようなものだ。

風を感じながら、気持ち良さそうにはしゃいでいる。

「私たちから言い出したけど、ちょっと緊張しちゃうな」

「ご主人様、みんなの援護はワタシの弓にお任せクダサイ！」

「フフフ……腕が鳴りますわ」

「大暴れしてやるぜ！」

彼女たちがどうしても侵攻を手伝いたいというので、今回は任せてみることにした。

対人戦を経験させておくのは、後々を踏まえても重要かもしれないと思ったからだ。

ディフェーザには申し訳ないけど、リノたちの練習相手になってもらおうと思う。

みんなの安全を守るため、今回僕は戦わないで援護（サポート）に徹（てつ）するつもりだ。

攻撃面に関してはルクもいるし、特製の兵士も連れてきている。

僕が守ることに注力すれば、リノたちがピンチになるようなことはないだろう。

『魔導車』で出発して三日目。

僕たちはすでにディフェーザ領に入り、順調に進んでいる。

この調子でいけば、夕方前には王都につくはずだ。

決戦の前に、最後の確認をしておこう。

「みんな、怪我には充分注意してね。まずはみんなの命が一番大事だからね。それと……」

「分かってるって！　なるべく相手に大怪我させないようにするわ」

「男相手に容赦なんてしたくないが、まあ仕方ないから手加減してやるぜ」

リノたちの強さは千人隊長どころか、将軍クラスとも互角（ごかく）に渡り合えるほどだ。

もはや一般兵士レベルじゃ、まるで彼女たちの相手にはならないだろう。

それに、みんなには支援（バフ）として『物理減殺（アタックガード）』、『魔法減殺（マジックガード）』もかけるし、『神域魔法』の『支配せし王国（キングダム）』も使用する予定だ。

モンスター討伐のときにも使ったけど、この強力な弱体化（デバフ）結界を戦場にかければ、ほとんどの兵士は戦闘力が十分の一程度になるんじゃないかな。

これならリノたちが大怪我するようなことはまずないはず。

それよりも、逆にやり過ぎてしまわないか心配だ。

特にフィーリアは、事あるごとに「我が魔力で消し炭にして差し上げますわ」って言ってるし、好きにさせるには一抹（いちまつ）の不安がある。

聖なる力を持ってるのに、一番邪悪な雰囲気があるんだよなあ。

敵に回したら結構怖い気がする。

とにかく、死者や重傷者（じゅうしょうしゃ）が大量に出ては、こっちの印象は悪くなる。

もちろんこれは戦争だから、怪我人が出てしまうのは仕方がないが、与える被害は最小限に抑えたいところ。

だから、くれぐれも手加減するようにお願いした。

とりあえず初の対人戦闘なので、リノたちには戦いに慣れてもらいたい。

モンスターと違って、人間は色々考えて戦ってくるからね。

彼女たちがどう対処するか、僕が守りながら様子を見ようと思ってる。

「でもユーリ、ディフェーザの守護神はどうするの？　アレってめちゃくちゃ強いんでしょ？」

「そうですわ、さすがのわたくしたちでも、噂の守護神にはとても敵う気はしませんわ」

「大丈夫、みんなにはそんな危険なことはさせないよ。だから、向こうの守護神が来たらすぐに逃げてね」

「それは分かりマシタが、でも誰が守護神を倒すんデスか？　ご主人様は戦わないんデスよね？」

「ゼインも置いてきちゃったし、ユーリ殿以外でその守護神とやらに勝てるのがいるとは思えないが？」

「安心して。ちゃんと秘密兵器を連れてきてるんだ」

「え？　どこに？」

「むふふ、ひ・み・つ！」

別に隠すほどのことじゃないけど、現地に着いてから出そうと思ってるんだよね。

今はアイテムボックスにしまってある。

僕も見たことはないが、ディフェーザの守護神というのは巨大ゴーレムのことで、滅亡した古代帝国の遺産だと言われている。今では実現不可能な失われた技術で作られていて、その体長はなんと十五メートルを超えるらしい。

それがいかにケタ外れかというと、通常人類が作れるゴーレムは、三メートルくらいが限界ということからよく分かる。

それも、数十名もの魔道士や付与術士、魔導機製作士たちが、長期にわたってゴーレムに命を吹きこみ続け、ようやく可動できるようになる。

ゴーレムの素材によってはさらに製作の手間が増え、強力な戦闘用のモノを作ろうと思ったら、完成までに数十年掛かることすらあるようだ。

そこまで労力を掛けても、動きが遅かったり脆弱(ぜいじゃく)な部分があったりと、満足いくモノを作ることは難しい。

それくらい、ゴーレムを作るというのは大変な作業なのだ。

ちなみに、クラスメイトに『人形製作士(ゴーレムメーカー)』というスキルを持っている人がいたが、彼は簡単にゴーレムを作っていた。

あれから成長してるだろうし、現在はかなり強いゴーレムを作れるようになってるかもなあ。

ディフェーザの守護神は超巨大でありながら動きも速く、そして噂では素材(ボディ)も、鋼鉄(こうてつ)を超える硬さの希少金属(レアメタル)でできているのだとか。

そんな化け物だ。通常のゴーレムを何百体集めたところで、到底敵う相手ではない。

虎の子の兵器なので、ディフェーザ国民ですら見た者は少なく、他国からは伝説的な存在になりつつあるほどだ。

　万の軍勢を軽く薙ぎ払ったという逸話（いつわ）も残っているが、それを見た人はもう全員亡くなっているだろう。

　その怪物に対抗するため、僕も全力で怪物を作ってみた。

　我ながら、古代の叡智（えいち）が作り上げた守護神と、僕が作った破壊神を戦わせてみたくなったのだ。


「ユーリ、ディフェーザ王都が見えてきたよ」

　ついに目的の地に到着した。

　さあいよいよお披露目（ひろめ）の時間だ。僕はアイテムボックスからその秘密兵器を取り出す。

「何コレ！　ちょーかっこいい！」

「素晴らしいですわ！」

「こりゃあ無敵すぎるだろ‼」

「ひゃああ、ワタシの出番ないかも……」

　それは僕が作った最強の巨神『破壊の天使（メタトロン）』だった。

2. 破壊の天使

――あのゼルドナ国が攻め落とされただと!?

情報屋からの第一報を聞いたディフェーザ国王マーガス・ギエンは、宿敵(しゅくてき)ともいえる国の陥落に驚きを隠せなかった。

しかし、そうはいっても同じ人間である。

ゼルドナとディフェーザは幾度となく衝突している。

あのゼルドナ王の無茶には、マーガスも何度腹に据えかねたことか。

魔王の侵略よりは遙かにマシだ。

いったいどれほどの国民が魔王の犠牲になったのか、マーガスは侵略されたゼルドナに心を痛める日々だったが、何故か虐殺などの続報は聞こえてこない。

それどころか、国民は今までとは比べられないほど平和に暮らしているのだとか。

いくらなんでも信じられず、魔王に情報操作されていると思ったが、なんと行商人までゼルドナに出入りしているらしい。

魔王が支配する国で商売をするなど、まったくもってマーガスの常識外の展開だ。

ディフェーザからも出向いた行商人がいたので、ゼルドナの状況を詳しく聞いてみれば、まるで天国のように皆幸せに暮らしているという。

わざわざ様子を見に行った冒険者たちもいて、そいつらもまた同じ証言をした。

これは行商人や冒険者が洗脳されているか、もしくは何か幻覚でも見せられたに違いない。

マーガスはそう推測をする。

その行商人たちがディフェーザ国民を惑わす可能性もあったので、マーガスは仕方なく、ゼルドナに行った者たちを一時幽閉することにした。

先日密偵(みってい)をゼルドナに送り込んだので、そいつからの情報を確認するまでは、拘留者(こうりゅうしゃ)の処置は保留だ。

さて、問題はその魔王が、ディフェーザにも侵攻してくるかどうかだ。

魔王がどの程度この世界を知っているか分からないが、ディフェーザは世界に名が轟く不可侵(ふかしん)領域と呼ばれている。

建国以来数百年、ディフェーザは幾度となく他国に攻められたが、『侵されざる地(ディフェーザ)』という名の通り、どんな大軍で攻められようと落ちたことはない。

超大国グランディス帝国ですら侵攻は叶わず、なす術(すべ)なく撤退(てったい)している。

何故なら、ディフェーザには無敵の守護神がいるからだ。

元々ディフェーザの地には、古代大帝国が存在していた。

当時は隆盛（りゅうせい）を極めていたらしく、恐らく全世界すら支配していたことだろう。

ところが、原因不明の何かが起こり、その古代帝国は消滅してしまった。

その後、いつの間にかその事実は忘れ去られ、ディフェーザの祖先（そせん）がこの地で建国したのである。

領地を徐々に広げるうち、ディフェーザは偶然古代遺跡を掘（ほ）り当てた。

そこにあったのが、失われた技術（ロストテクノロジー）で作られた古代文明の超兵器、体長十五メートルを超える魔導巨人『憤怒の魔神（エルガーギガント）』だった。

その大きさも驚異（きょうい）であるが、巨体（ボディ）が全てアダマンタイトで構成されているということも想像を絶する奇跡だ。

最強金属アダマンタイトは、剣や防具に加工するだけでも、長い時間と高度な技術が必要となる。

ましてや巨大ゴーレムを作るとなれば、気が遠くなるような途方もない作業だ。現在の技術ではおよそ不可能だろう。

そもそも、どうやってこれほど大量のアダマンタイトを用意できたのかも一切不明だ。

この超レア金属のおかげで、『憤怒の魔神（エルガーギガント）』は無敵の巨神となっている。

何ものもそれを倒すことは叶わない。

しかし、それほどの兵器があるならば、何故ディフェーザは世界侵略を考えないのか？

その理由は、『憤怒の魔神(エルガーギガント)』の可動範囲がディフェーザ周辺に限定されているからだ。

魔導回路によって『憤怒の魔神(エルガーギガント)』は動くわけだが、そのエネルギーの届く範囲がディフェーザ周辺のみなのだ。

恐らく、古代の帝国はなんらかの技術で『憤怒の魔神(エルガーギガント)』を遠方へと派遣(はけん)したはずだが、その方法を、マーガスを含め歴代国王たちは解明できなかった。

なので、『憤怒の魔神(エルガーギガント)』を侵略に使うことは叶わず、国防のみの使用にとどまっている。

『侵されざる地(ディフェーザ)』という名はそこから来ているのだ。

他国への侵略はできないが、『憤怒の魔神(エルガーギガント)』のおかげで、ディフェーザは攻め落とされたことのない難攻不落の国となっている。

マーガスもこれには絶対の信頼を置いており、たとえ魔王であろうとも、侵略は不可能と考えていた。

——魔王よ、来るなら来てみろ！

——古代人の遺産でお前を返り討ちにしてやる！

前回魔王が復活したときは、『憤怒の魔神(エルガーギガント)』はまだ発見されておらず、魔王軍には好き勝手に暴れられてしまった。

だが今回は違う。

魔王の知らぬ兵器で、目に物見せてくれる！

マーガスがそう内心息巻いていたところに、見張りの兵士が駆け込んできた。

「へ、へ、陛下～っ、大変です、ま、魔王が、魔王がやってきましたーっ！」

やはり来たか。望むところだ！

そろそろ来る頃と思っていただけに、準備は万全だ。

「すぐに兵を出して魔王を迎え撃て！　守護神の起動も急ぐのだ！　これは聖戦だ。このワシも出て自ら指揮を執ってやる」

「あら、凄いタイミングじゃない。ちょうどアタシらが来てるときに魔王が現れるなんて」

「仕留める絶好のチャンスだわ！　私たちも加勢するわよ」

王の部屋には、たまたま二人の女性が来訪していた。

その口調から、かなり懇意な間柄というのが分かる。

「いや、助太刀はいらぬ。守護神の邪魔になるやもしれぬからな。それにお前たちはこういう乱戦には向かぬだろ。万が一人質に取られても、ワシは助けてやれぬぞ？」

「アタシたちがそんな間抜けに見えるか？」

「そうよ、失礼ね」

「まあここで待っておれ、すぐに魔王の素っ首持ち帰ってくるからに」

「泣かされて帰ってくるんじゃないぞ」

「お土産楽しみに待ってるわ」

女性二人を残し、マーガスは魔王を迎え撃つべく戦場へと急ぐ。

魔王軍など恐るるに足らず。

大至急二万人近い兵士を出動させ、王都正門前にその軍勢を並べる。

これには正規の兵士だけじゃなく、対魔王戦に備えて鍛えた臨時の兵士も含まれている。

万全の態勢を整えたそこに、マーガスが到着した。

我が国には無敵の守護神がいるだけに、防衛戦では負けるはずがない。なのに、自軍の兵士たちはいつになくざわついている。

というより、明らかに動揺しているのが分かる。

いったい何ごとだ？　魔王軍に何か変なヤツでもいるのか？

そう思いながら前方の魔王軍を見た瞬間、マーガスの絶叫がその場に響き渡った。

「ほんげええええ～っ、そ、そんなの反則じゃあああああっ!!」

そこには、とんでもないモノがいたのだった。

「ひょわああっ、何だアレは!?　魔王軍にあんなのがおるなんて、ワシャ聞いとらんぞ！」

ディフェーザ王マーガス・ギエンが王都前に敷いた自軍に着くと、前方に超超巨大なゴーレムが佇んでいたのだった。

その青藍（せいらん）に輝く巨体は、目測ながら高さ三十メートルくらいはあるだろう。

実にディフェーザの守護神『憤怒の魔神（エルガーギガント）』の二倍もの体長だ。

足元には情報で聞いた魔王らしき少年と、それに付き従う四人の少女、後ろには二メートルほどの『ゴーレム』が数十体整列し、そして金色（こんじき）の体毛に包まれた大型の魔獣も見える。

「あ……あんな巨大なゴーレムが、何故こんなに近付くまで分からんかったのだ？　見張りはいったい何をしていた⁉」

「それが先ほど突然出現したのです。どこにも見えなかったのにいきなり現れて、我らもワケが分かりません。恐らく幻術の類（たぐ）いではないかと……」

「アレが幻術？　そんなわけあるか！」

その巨大ゴーレムの存在感は、幻術とは到底思えなかった。

信じたくはないが、魔王も古代文明の遺産を持っているということか？

――いや違う。同じ巨神ではあるが、『憤怒の魔神（エルガーギガント）』が洗練（せんれん）された人型兵器に対して、魔王のはただデカいだけのゴーレムだ。

――あんなデクの坊に、我が国の守護神が負けるはずがない！

――相手がいかに大きかろうと、粉微塵に破壊してやるわ！

冷静になったマーガスは、改めて勇気を奮（ふる）い起こす。

『憤怒の魔神（エルガーギガント）』のボディは最強の金属アダマンタイトでできていて、どんな攻撃も受け付けない。

そして胸部から撃つ古代光学兵器『裁きの雷光（デストロイビーム）』は、一瞬で数百人を塵（ちり）に変える無敵の必殺技だ。

ここに守護神がいる限り、誰が来ようともディフェーザは絶対に落ちないのだ。

「ディフェーザ王よ、我は魔王ユーリだ。此度（こたび）は貴国を滅ぼしに来たわけではない。素直に降伏するなら何もしないことを約束するが、どうだ？」

何か魔力的な効果があるのだろう、遙か彼方（かなた）から魔王の声がマーガスの耳まで届く。

何もしないだと？　なんとも馬鹿にした言葉だ。そんな戯言（たわごと）、誰が信じるというのか。

人間をナメるなとマーガスは憤慨（ふんがい）する。

「ええい、『憤怒の魔神（エルガーギガント）』の起動を急げ！　守護神が来るまで、兵士たちはヤツらを食い止めるのだ」

マーガスの命令で、二万人の兵士たちがいっせいに魔王軍へと突撃した。

守護神は、魔導回路を完全に起動するまで少々時間が掛かる。

それまでは兵士たちが時間を稼ぐ。到着するまでの辛抱だ。

最初の驚きはどこ吹く風、デカいだけのゴーレムでいい気になってる魔王の鼻を明かしてやるぞと、マーガスの中に愉快（ゆかい）な感覚が湧き起こってくる。

兵士たちの突進を見て、それを討つべく魔王軍も動き出す。

四人の少女と数十体の機兵人形(ゴーレム)兵団、そして黄金の魔獣が兵士たちへと進撃してくる。

だが奥にいる魔王少年は動かない。

「なんだ!?　魔王と巨大ゴーレムは見てるだけなのか？　ナメるのにも程があるぞ！」

魔獣や機兵人形(ゴーレム)はともかく、少女たちはしょせん小柄な女だ。この兵士の大軍相手に、何もできるはずはない。

――なんなら、殺さずに引っ捕らえてやるか。あんな奴らを取り押さえるなど造作(ぞうさ)もなかろう。

――そうだ、女を人質に取れば、この戦いも楽になるやもしれぬ。

――首尾よく魔王を倒したら、自分は世界を救った英雄だ。

自らの栄光の姿を思い浮かべ、兵士たちに少女の捕縛(ほばく)を命じようとしたそのとき、慢心(まんしん)したその思考を全て吹き飛ばす光景がマーガスの目に入ってきた。

少女と接触した数十人の兵士たちが、まとめて空中にぶっ飛ばされたのだ。

正確には、日に焼けた肌をした黒髪の女にだ。

その少女が大剣を振るうと、辺りの兵士が根こそぎ吹き飛ばされていく。

どんな怪力でも、そこまで派手には蹴散らさないだろうという勢いでだ。

黒髪の少女は、四人の中では一番体格がいいとはいえ、それでも百七十センチはないだろう。

その細腕で、何故あれほどまでのパワーが出せるのか。

また別の少女は、目にも留まらぬ速さで兵士の間を駆け抜け、その後ろに負傷兵の山を作り上げていた。

恐らく、兵士たちは利き腕を斬られたのであろう。腕を押さえてうずくまっている。

そのピンク髪の少女は光る短剣を持っているが、それで斬りつけているのだろうか？

頑丈（がんじょう）な籠手（こて）で守られている兵士たちの腕を、いとも簡単に次々と負傷させていく。

また別の少女——エルフが放つ矢は、巨大な岩でも撃ち出しているかのように、これまた兵士たちを軽々吹き飛ばしまくる。

たった一矢で、進行方向にいる人間全てをだ。

撃っている矢自体は普通なのに、何故あんなにも兵士たちを蹴散らすのか？

そして最後の少女——銀髪の魔女が何かの魔法を放つと、黒き闇が前方に広がり、二百人以上の兵士がバタバタと倒れていく。

今のはまさか、『邪悪たる存在の進撃（ケイオス・インヴェイド）』なのでは？

それは迷宮の主——リッチなどが使うレベル10の『闇魔法』で、喰らえば重い呪い（カース）が掛かるはず。

レジストも非常に困難で、人間では使える者などほとんどいない強烈な魔法だ。

さすが魔王の配下といったところか。

機兵人形たちの強さもただごとではない。

恐らく鋼鉄製であろうその身体は二メートルを超え、兵士たちの攻撃をものともせず、硬質な拳でブンブンと薙ぎ払っていく。

一体ですら破壊するのは困難だというのに、それが数十体もいるのだ。

これだけでも到底勝ち目はないように思える。

そしてあの金色の魔獣だ。

十メートルもの巨体ながら軽快に飛び回っていて、兵士たちはその動きをまるで捉えることができない。

あざ笑うかのように攪乱しては、体毛を逆立たせて凄まじい咆哮を上げる。

そのあまりの迫力に、兵士たちは蜘蛛の子を散らすように逃げていく。

まさかとは思うが、アレは伝説の幻獣『キャスパルク』なのでは!?

そんな存在まで魔王の手下だったとは……

それにしても、我が軍の兵士だってそんなに弱くはない。なのに、始まって十分も経たぬうちに、五千人以上が戦闘不能にさせられている。

どうしてこれほどまで一方的に蹴散らされるのか？

マーガスは目の前で起こっている現実が理解できない。

兵士たちの後ろからは、自慢の魔道士隊も攻撃魔法で援護している。かなりの集中砲火で、いくらなんでも少しは怯むはずだ。

しかしその魔法も、少女たちや魔獣にはまったく効いている様子はない。

日頃から鍛錬（たんれん）を重ねている兵士たちが、ロクに戦闘もしたことないような少女に、赤児（あかご）の手をひねるように薙ぎ倒されていく。

先ほどまで勝利を疑っていなかったマーガスに、敗戦の予感が大きくよぎる。

魔王どころか、この少女たちすら倒すことは不可能なのでは……？

「陛下、『憤怒の魔神（エルガーギガント）』が到着しました！」

動揺していたマーガスが、自国が誇る守護神の存在を思い出す。

つい弱気になってしまったが、本当の戦いはここからだ。

黒光りする巨体が現れたのを見て、思わず勇気が湧き起こる。

白兵戦では敵わなかったが、魔王の巨大ゴーレムさえ倒せばこちらの勝ちだ！

「よし、行けっ『憤怒の魔神（エルガーギガント）』よ！　魔王軍を叩き潰すのだ！」

古代の守護神と魔王の破壊神どちらが上か、巨神対決の幕が上がる。

マーガスの号令で『憤怒の魔神（エルガーギガント）』が動き出すと、暴れまくっていた魔王軍の少女たちや魔獣は、サッと素早く撤退した。

兵士たちを軽々蹴散らされ、底知れぬ恐怖を味わってしまったが、やはりこの守護神の存在感は圧倒的だ。

——最強の守護神には何人たりとも敵わない。魔王とて、なす術なく散ることだろう。

——人類の叡智が作り出した究極兵器をとくと味わうがよい！

折れ掛かっていたマーガスの心に再び火が付く。

「『憤怒の魔神』よ、神の雷であのデクの坊を焼き払え！」

黒き巨神『憤怒の魔神』の胸部が発光し、破壊のエネルギー波を前方のゴーレムへと撃ち出す。

『裁きの雷光』と呼ばれるその光学兵器は、魔王の蒼き巨神『破壊の天使』へと直進し、その身体を微粒子にまで粉砕する……はずだった。

「な、なんだとぉおおおっ⁉」

魔王の巨神を塵にするはずだった高密度の光線は、その蒼いボディに近付くと、そこに見えない球体があるかの如く、半球状の表面を沿うように丸く拡散した。

いや、実際に透明な障壁があったのだ。

それはエネルギー波や魔法攻撃を全て無効にする『光子障壁』というモノだった。

そのバリアが、魔王の巨神をすっぽりと包んでいたのである。

ただし、バリアの内側に入られてしまうと、無効化できなくなってしまうが。

「な、何をしとる！　撃てっ、続けて撃てーっ！」

マーガスの命令で『裁きの雷光（デストロイビーム）』が二発、三発と『破壊の天使（メタトロン）』に撃ち込まれる。

しかし、当然ながら、それがボディに届くことはない。

「そ、そんなバカなっ、何ものをも打ち砕いてきた神の雷が、ヤツに届きもしないなんて……」

マーガスの頭に、またしても絶望の影がよぎる。

この古代文明の遺産でも、魔王を打ち倒すのは不可能なのか？

「い、いやまだだ！　雷が効かぬとも、『憤怒の魔神（エルガーギガント）』の打撃（パンチ）は耐えられまい！　ゆけ、殴り壊せっ！」

そう、『憤怒の魔神（エルガーギガント）』は最強の金属アダマンタイトでできている。

いくら魔王のゴーレムが巨大とはいえ、アダマンタイトで殴りつければ、そのボディは破壊できる。

──遠距離攻撃が効かぬなら肉弾戦だ！

まだマーガスは諦めない。

「そうだ、あんな巨体ではロクに動けぬだろう。我が『憤怒の魔神（エルガーギガント）』の動きは遅くない。攪乱してボコボコにたたき壊してやるのだ！」

マーガスが信頼している通り、『憤怒の魔神（エルガーギガント）』はその巨体に反して動きは軽快だ。

接近戦になっても、あんなデカいだけの鈍（にぶ）そうなゴーレムに捕まるはずがない。

パワーと硬さで、魔王のゴーレムをたたき壊す！

戦いはまだまだこれからだ、と闘志を燃やすマーガスだが、その直後、心が根こそぎ折られるような光景を目にすることになる。

魔王のゴーレム——その三十メートルの巨体が、まるで地を滑るかのように素早く動いたのだ。

どうやったらそんな移動ができるのか、ゴーレムは両足を動かすことなく、少し屈むような姿勢で地を滑ってくる。

それは想像を絶する動きで、その速さ、軽快さは、『憤怒の魔神』を遙かに超えるモノだった。

その事実に、また一つ希望を失うマーガス。

「まだだ、まだ負けてはおらん！　たとえ、たとえ動きで負けようとも、『憤怒の魔神』の打撃さえ当たれば、当たれば相手は破壊できるぅ……！」

マーガスは必死の思いで、喘鳴のような声を絞り出す。

もはやマーガスの脳裏には、敗北の二文字しか浮かんでこない。言葉で自らを鼓舞しないと、立っていることさえやっとの精神状態だ。

魔王のゴーレムが近付くにつれ、その体格差が顕著になる。

向こうは体長三十メートルほどで、『憤怒の魔神』が十五メートル程度。

単純な比較では二倍だが、その巨大ゴーレムの圧倒的存在感は十倍にも見えるほどだ。

幸い、『憤怒の魔神（エルガーギガント）』は最強金属アダマンタイトでできている。まだまだ希望の光は潰（つい）えていない。

一縷（いちる）の望みをかけて、巨神対決を見守るマーガス。

その願いが届いたのか、『憤怒の魔神（エルガーギガント）』は滑りながら突進してくる魔王ゴーレムをギリギリで躱し、その足の付け根の部分に思いっきりパンチを打ち込んだ。

体長が二倍差あるだけに、クリーンヒットを狙うならその位置しかない。

そしてその作戦が完璧（かんぺき）に決まった。

「よっしゃあああっ！　これであのゴーレムも、もはや動けまい……い？」

最強の金属アダマンタイトでの超重量級パンチ。

マーガスの頭の中では、魔王のゴーレムは足が砕けて倒れる予定だった。

少なくとも、もう軽快な動きはできないはず。

しかし、その超破壊パンチを受けても、魔王の巨神は微動（びどう）だにしなかった。

それどころか、逆に『憤怒の魔神（エルガーギガント）』の腕が、自らのパンチの衝撃で押し潰されている！

最強金属アダマンタイト製のボディが何故!?

動きが止まった人類の守護神『憤怒の魔神（エルガーギガント）』を、魔王の『破壊の天使（メタトロン）』が上からはたいた。

ベゴンッ！

巨大な手で上から打たれ、『憤怒の魔神』は縦方向に潰されてしまった。

無敵のボディがあっさりである。

「ア……アダマンタイトだぞ!?　それがペシャンコ……」

この直後、マーガスは全面降伏したのだった。

3．最強姉妹現る

僕たちがディフェーザ王都に着くと、すでに相手軍は布陣を整え、万全の準備で待ち構えていた。

噂の守護神の姿は見えないが、恐らくこのあとやって来るのだろう。

お互いの巨神対決楽しみだな。

僕はアイテムボックスから『破壊の天使』を取り出す。

コレは『巨人兵創造』スキルレベル10で作った、体長三十メートルの超超巨大ゴーレムだ。

アイテムボックスは一辺が百メートルあるので、このサイズでも問題なく収納できた。
さすがにこの大きさには驚いたのか、ディフェーザ兵士たちの狼狽(うろた)える様子がよく分かる。

無敵と言われる守護神を倒すため、可能な限り強いのを作ったよ。

まずはレベル5だった『巨人兵創造』スキルを、99億２０００万経験値使ってレベル10まで上げた。

そしてレベル1だった『物質生成』スキルを、62億経験値使ってレベル6にした。

とにかく、少しでも強い素材でゴーレムを作りたかったので、持ってる経験値の限界まで『物質生成』スキルを上げたけど、これでアダマンタイトが作れるかと思ったら、なんとさらに上位の『蒼魂鋼(アポイタカラ)』が生成できた！

『蒼魂鋼(アポイタカラ)』は、『存在しない金属(アンオブタニウム)』とまで言われているほど伝説中の伝説金属で、深い藍(あい)色(いろ)の輝きをした超超硬度の物質だ。

一日では極(ごく)少量しか生成できなかったので、これを数日掛けて一定量まで蓄積(ちくせき)したあと、『巨人兵創造』スキルでゴーレム化させた。

少量から三十メートルに巨大化したけど、ゴーレム化を解除すると、『蒼魂鋼(アポイタカラ)』はまた少量に戻る。

どうやら超神秘的な効力で質量を増大させているようだ。

なので、この増量化したゴーレムを削って、『蒼魂鋼』を大量採取するというのは無理っぽいな。

ちなみに体長三十メートルは、ゼインが地上で立ち上がったときと同じくらいの高さだ。ゼインは体長六十三メートルほどだけど、尻尾がその半分くらいあるからね。

こんな巨大なゴーレム、移動がさぞや大変だろうと思ったけど、解析したらあの『重力反射』の機能が付いてた！

これはドラゴンが飛ぶ能力と同じで、この効果でほんのちょっと足の裏が浮遊しているらしい。

あとは反射の方向を調節して、地面を滑るように移動するみたいだ。

ほか、エネルギー波動防御結界――『光子障壁』とかも付いてるので、離れた場所からの魔法やブレスなどは無効になる。

経験値を大量に使っちゃったけど、文句のない自信作が出来上がった。

残りは14億4000万ほどになってしまったが、後悔はまるでない。

向こうの大将であるディフェーザ王が戦場に到着したので、一応降伏勧告をしてみる。

「ディフェーザ王よ、我は魔王ユーリだ。此度は貴国を滅ぼしに来たわけではない。素直に降伏するなら何もしないことを約束するが、どうだ？」

もしもこれを聞き入れてくれたら、無駄な戦いをしなくて済むが……やはり無理だったようだ。

僕の提案を無視してディフェーザの兵士たちが勢いよく飛び出し、残念ながら戦いの火蓋は切られてしまった。

まあそう簡単に魔王の軍門にくだるわけないよな。仕方ない、予定通りいくとしよう。

ということで、巨神対決の前に、まずは向こうの兵士とリノたちで前哨戦だ。

兵士の動きに合わせてリノたちも突進し、それを追ってルクと僕の作った『特製の兵士』五十体も戦場へと躍り出る。

ゼルドナ侵攻のとき、『蹂躙せし双角獣』だと加減が難しくて相手に大怪我させせちゃったけど、ゴーレムなら手加減も上手くできる。

『巨人兵創造』スキルをレベル10にしたおかげで、数も問題なく大量に作れたし。

その思惑通り、相手軍に大きな被害を出すことなく、一方的に戦況を押していく。

もちろん、リノたちやルクも大活躍だ。

少々不安もあった対人戦だけど、特に心配するような状況にもならず、兵士たちを圧倒した。

まあ『支配せし王国』の効果で、相手の力も十分の一程度になってるしね。

しばらくするとディフェーザの守護神——『憤怒の魔神』が出てきたので、リノたちの仕事は終了した。

いよいよ僕の破壊神『破壊の天使（メタトロン）』の出番だ。もしコイツが負けたら、僕が強引に守護神を倒さなくちゃいけなくなる。

その場合、恐らく強力な魔法などを使うことになるだろうし、そうなると周りの被害が心配だ。

僕は『破壊の天使（メタトロン）』が勝ってくれることを祈った。

……そして戦闘結果は、無事僕の『破壊の天使（メタトロン）』が勝利した。

高度に発達した古代文明の遺産というだけに、『憤怒の魔神（エルガーギガント）』は何やら凄い攻撃もしてきたけど、なんとか勝ててよかった。

守護神に絶対の自信を持っていたディフェーザは、それを超える巨神を見て戦意も喪失したのだろう。

それ以上無駄な抵抗はせず、素直に降伏してくれた。

ゼルドナ戦よりも戦いの規模は大きかったが、負傷者はかなり少なく済んだと思う。

『破壊の天使（メタトロン）』を作って本当に良かった。

この『破壊の天使（メタトロン）』をヴァクラースたちにぶつけてみたくもあるけど、力技以外の攻撃方法がないので、小さい標的（ひょうてき）相手には相性（あいしょう）悪そうなんだよね。

拠点などを破壊するのには最高に向いてるので、魔王軍の基地(きち)なんかを襲うときはめっちゃ活躍してくれると思うけど。

まあハッタリは相当利くので、ゼインと共に相手にプレッシャーを与える効果で役に立ってもらおう。

無事戦闘に勝利した僕たちは、ディフェーザに入国した。

「ご主人様、ワタシの活躍を見てくださいマシタか！　弓術(きゅうじゅつ)凄かったデスよね？　ワタシもう一流の冒険者デスよね！」

強い冒険者に憧(あこが)れてたフラウは、自身の働きぶりに得意満面だ。

「私の活躍も凄かったでしょ？　大怪我させないように上手に斬ったんだから！」

「オレだって上手く手加減したぜ。なんなら、オレ一人で全員やっつけられたくらいだ」

「わたくしもお役に立ちましたわよ？　『邪悪たる存在の進撃(ケイオス・インヴェイド)』で兵士たちがバタバタと倒れていくのを見たとき、あまりの快感に失神しそうでしたわ～♪」

みんな初の対人戦闘にしては、充分な力を見せてくれて安心してる。

フィーリアだけちょっと感想が怖い気はするけど……ウヒウヒと邪悪な笑みをこぼして

るし。

戦闘を終えた僕たちは、降伏したディフェーザ王の案内で城へと向かった。

王都内は馬車で移動し、城門に到着したあと、現在王宮までの中庭を歩いているところだ。

「あのう魔王様、本当に誰も処罰されないのですか？　この私もお咎めなしで？　それに、国政もこのままでよいだなんて、恐れながらとても信じられないのですが……」

「誰も処罰なんかしないよ。正々堂々戦った結果だし、処罰する理由がない。それにこのディフェーザ国は治安も経済状態もいいから、僕が敢えて手を入れる必要はないだろう」

ディフェーザには悪臣もいないので、僕がすることは何もない状態だ。

下手に何かしようとすると逆効果になりそうだし、国の運営はこのまま任せることにした。

一応、負傷した兵士たちだけは治療しないとな。今回は大怪我した人もいないみたいだから、エクスポーションを配れば大丈夫だろう。

「え？　僕……？」

しまった、ついいつもの口ぐせが出ちゃった。

「ああいや、悪王に虐げられていたゼルドナと違って、ここは我が手を下す必要はないということだ。今まで通り、お前たちで国政をするがいい」

「兵士や『憤怒の魔神（エルガーギガント）』で攻撃したのに、私たちにそのまま任せていただけるなんて……」

「ああ、あの程度の抵抗など気にしてない。むしろ、守護神を破壊してすまないことをしたな」

「いえ、とんでもございません。魔王様に逆らった報復に、てっきり国を滅ぼされると思っておりましたので、寛大（かんだい）なご処置に感謝しております」

素直に降伏すれば、誰も処罰しないし国政にも口を出さない。

そう思わせれば、相手国の抵抗もさらに弱まってくれる気がする。

できれば、戦わずに僕＝ニセ魔王の傘下（さんか）に入ってくれるのが理想だけど、さすがに無理だろうな。

それはさておき、ディフェーザ王に対して僕が偉そうな口をきくのが申し訳なく思う。

悪王だったゼルドナ王ならともかく、ディフェーザ王は国民にも愛されている王様だからね。

事情を説明して、本当は僕が魔王じゃないことを教えたいところだけど、もし「よくも魔王のフリをして世界を混乱させたな」とかそういう展開になると、せっかく対魔王軍に向けて動き出したことが全て無駄になってしまう。

子供のクセに勝手なコトするなとか言われても困るし、やはり魔王として支配しちゃったほうが色々と捗（はかど）りそうだ。

ディフェーザの守護神が壊れちゃったけど、あれはもう修理不可能だから、素材のアダマンタイトだけもらって何かに使ってみたい気はする。

ただ、ディフェーザが誇る守護神だから、そういう再利用の仕方は国民が嫌がるかもなあ……

まあその辺はあとで考えよう。

って、んん？　あれ……？　気配を感知する『領域支配』に何か反応が出た。

僕に対する殺意を持ったヤツが、すぐそこに隠れてるな。

「ディフェーザ王よ、何か良からぬ気配を感じるのだが？」

「は？　……いかん、ヤツらが来ておったことをすっかり忘れてた！　よ、よせっお前たち……」

と、ディフェーザ王が誰かを止めようとした瞬間、そいつらが王宮の陰から現れた。

それに対し、リノたちやルクが慌てて戦闘態勢に入ったが、僕だけで対応したいためみんなを制止する。

出てきたのは女性二人組だ。えーと……と解析する間もなく、相手の攻撃が飛んできた。

「魔王よ、破邪の力を味わいなさい！　浄めよっ『穢れなき聖域』っ！」

なんだ？　周りが白い光に包まれた。

解析したところ、これ聖域召喚だな。しかも相当強力だ。

効果としては、魔界からの力を全て断つ結界みたいなモノっぽい。

悪魔や魔王は、魔界から無限の如く魔力を補充する。

それを断つことによって、悪魔の力は大幅にダウンするのだ。

「行くぞ！　逆巻けっ『魔女の狂宴』っ！」

今度は、もう一人が何かの力を解放した。

さっきのもそうだけど、これ『称号』の力だ。

今のヤツは、簡単にいうと『魔力増幅』の効果らしい。

コントロール不能になるくらい魔力がパワーアップするみたいで、魔道士版の『狂戦士』ってところだ。

「絶対魔滅！　『涜神者への断罪』っ！」

また最初の女性が攻撃してきた。

これは……対悪魔専用の超強力な封印牢獄で、悪魔を限りなく無力化できるようだ。

彼女は神官？　いや祓魔師かな？

あ、解析したら『審判者』の称号を持ってる！

そうか、英雄級SSSランク冒険者『ナンバーズ』の、地上最強退魔師って言われてる人だ。

ってことは、もう一人はその姉の魔道士か！

思った通り、『贖いの魔女（ホーリーウィッチ）』の称号を持ってる！　有名な最強ナンバーズ姉妹だ！

その姉の魔道士が詠唱を終え、僕に攻撃魔法を撃ってきた。

「魔力極大（アルティメット）！　行くぞー魔王っ、『封魔滅殺究極閃光神波（クルシフィクション・グレイテスト・ランス・オブ・ロンギヌス）』っ‼」


おいおいコレ、解析では勇者専用の魔法って出てるぞ⁉

『光魔法』の一種で、対悪魔最強の攻撃魔法のようだ。

その巨大な光の槍が、僕の身体へと突き刺さる。

凄い威力だぞコレ！　僕と戦った当時のヴァクラースなら、間違いなくこの魔法で倒せる。

なんで『勇者』じゃないのに使えるんだ？


……んで、だからどうしたのかな？


僕は本物の魔王じゃないから、退魔の魔法は全然効かないんだよね……

人間相手には、悪魔祓（ばら）い系の技は全く意味がないので。

一生懸命（いっしょうけんめい）色々やってくれたのに、なんか申し訳ない。

「……？　ちょ、ちょっと待って、まったく効いてないってどういうこと⁉」

「バカな、前回の魔王を倒した魔法だぞ⁉　そりゃアタシは『勇者』じゃないけど、最強の退魔結界の中、最大魔力で撃ったんだ。これでダメージがないなんて有り得ない！」

女性二人は無傷の僕を見て驚愕している。

えーと、どうしようかな。

女性を取り押さえたことがないから、どうしていいもんだか分からない。

手荒なことしたくないしなあ。

「ユーリは女性相手が苦手(にがて)なんでしょ？　やさしいもんね」

「まあオレたちに任せろって」

リノとソロルが女性たちの捕縛に向かう。

相手は『ナンバーズ』とはいえ、魔法職だから接近戦には弱い。

それに、すでにリノとソロルはナンバーズ並みに強いので、あっさりと女性たちを取り押さえてしまった。

「ちくしょーっ、縄(なわ)をほどきやがれ！　魔王め、ただじゃおかないからな！」

「マーガス王、あなた魔王側に寝返ったの!?　情けない男ね！」

「いや、しかし、魔王様は国民の安全を保証してくれて……」

「なに騙されてんのよ！　バカじゃないの!?」

僕をいきなり襲ってきた女性二人は、英雄級ＳＳＳランク冒険者『ナンバーズ』の有名姉妹だった。

緑の髪をショートヘアーにした魔道士が、姉のマグナ・ベルニカさん。

身長は百六十五センチ程度で、少し日焼けした肌をしていてなかなかスタイルも良く、『贖い(ホーリーウィッチ)の魔女』というSSランク称号を持っている。

『ナンバーズ』の序列は六位で、ベースレベルは１２１。

使用している杖は『煉獄の杖(ソイ・ロス)』という魔装備で、絶対に魔法を封じられない効果を持っている。

つまり、どんな魔法禁止エリアでも、またはたとえ魔法封印結界をかけられようとも、問題なく魔法が使えるのだ。

青いロングヘアーの神官が、妹のシェナ・ベルニカさん。

スレンダーな体型で、身長は姉より少し低めの百六十三センチくらいかな。

持ってる能力はSSランクの称号『審判者(ジャッジメント)』で、対悪魔戦で無類(むるい)の強さを発揮する地上最強の退魔師だ。

『ナンバーズ』の序列は七位で、ベースレベルは120。

『水響の杖笛（アインフルース）』という杖型の笛を持っていて、その笛を吹くと、音が鳴っている間は魔法の詠唱を全て無効とする『詠唱妨害（スペルジャミング）』が発動する。

結界とかと違ってずっと吹いてなくちゃダメだけど、詠唱系なら全て無効にするから結構強い。

効果範囲がそこまで広くないのと、無詠唱（むえいしょう）には効かないけどね。

この『水響の杖笛（アインフルース）』と姉の『煉獄の杖（ゾイ・ロス）』を組み合わせて使えば、相手の魔法を封じながら自分たちだけ魔法が使いたい放題だ。

なかなかのコンビ技だな。

『スキル支配』を使って、この二人から何か有効なスキルでももらおうかと思ったけど、僕と被ってるスキルばかりでめぼしいモノは特になかった。

『称号』はコピーとかできないしね。まあ仕方ない。

「ところで、さっき我に使った魔法は勇者専用のはずだが、なぜお前が使えるんだ？」

僕は不思議に思ったことを訊いてみる。

「さすが魔王、前回封印のとき喰らっただけに、魔法の正体を知っていたか！」

「お、おう、そりゃまあな（ウソ）」

「まさか姉さんの『封魔滅殺究極閃光神波（クルシフィクション・グレイテスト・ランス・オブ・ロンギヌス）』がまるで効かないなんて思わなかったわ！」

「あ、ああ、ちゃんと対策してたからな（ウソ）」

「ちくしょう、前回の『勇者』から直伝（じきでん）され、魔導国イオの最強魔道士たちが代々継承してきた秘密の魔法だったのに、すでに対策されていたなんて……」

　マグナさんとシェナさんが交互に答える。

　この二人って魔導国イオの出身なのか。それで魔法の素質が高いんだな。

　魔導国イオは魔法技術が世界一発達している国で、国民全員が魔法を使えるというほどの魔法国家だ。

　その中でも選（え）りすぐられた人間で構成された魔導兵団は非常に強力で、グランディス帝国に次（つ）ぐ軍事力を持っているとまで言われている。

　そしてさっきの魔法だけど、前回の『勇者』から代々受け継いできたモノだったのか。

　じっくり解析してみて分かったけど、コレは魔法そのものを、まるでアイテムを渡すかのように次の世代に継承させていくらしい。

　そんなことは通常は不可能なので、魔導国イオならではの奥義なんだろう。

　つまり、この魔法を使えるのは世界でマグナさんただ一人。

　あ、いや、『勇者』の魔法だから、メジェールもそのうち使えるようになるのか。

　いま適当に受け答えしちゃったけど、これは対悪魔戦で非常に有効な魔法だ。

なぜ僕には効かなかったのか、あとでちゃんと真実を教えてあげないとね。

そうだ、ディフェーザの北には、魔王を滅するカギが隠されているという噂があったんだっけ。

いい機会だから聞いてみよう。

「ディフェーザ王よ、この北に魔王を滅するカギらしきモノがあると聞いたが、それは知っておるか？」

「ああはい、それならここにいるベルニカ姉妹が知っております」

「ばかっ！　なんで魔王に教えちゃうのよ！」

「つ、つい……というか、魔王様は欺けぬのだ。隠しようがない」

なるほど、この二人が知っているわけだな。

考えてみれば、前回の『勇者』から魔法を受け継いでいるくらいだ。魔王討伐のカギを知っていても不思議はない。

「言っておくけど、アタシらは絶対喋らないわよ」

「殺すなら殺しなさい！　私たちは覚悟できてるんだから！」

んー……ものすごく手強そうで、ちょっとやそっとじゃ教えてくれそうもないな。

しかし、拷問するわけにもいかないしなあ。

闇魔法の『支配（ドミネーション）』を掛けて喋らすか？

いや、『ナンバーズ』だけに、そうは掛かってくれないだろう。まあそんなこともしたくないしね。

何かいい手はないかなあ……

「ユーリ、こいつらから情報聞きたいなら私たちに任せて！」

「そうですわ、なんでも喋らせますわよ」

「え？　そんなことできるの？」

「へへん、オレたちに任せておけって。同じ女同士だから聞き出すのも簡単さ！」

「ははーん、皆さんアレをやるんデスね！　なら絶対喋りマスね！」

なんだ？

リノたちはいったい何をしようとしてるんだ？

「ユーリ、あの魔道具……『魔導映像機（ゲイザー）』だけちょっと貸して！」

「ああいいけど」

「じゃあ王様、適当に個室借りるわよ！」

「は、はい、好きに使ってくだされ」

「何を考えてるか知らないが、アタシたちは絶対に喋らないんだから！」

「やだー、この頑固（がんこ）な感じすごく楽しみー♪」

「うふふ、腕が鳴りますわ♪」

なんか……とっても嫌な予感が……

「じゃあユーリたちは適当にお茶でもして待ってて！」

そう言って、リノたちは宮殿内の個室にベルニカ姉妹を連れ去ってしまった。

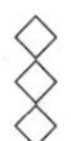

一時間ほどディフェーザ王の部屋で待っていると、リノたちがベルニカ姉妹を連れて戻ってきた。

なんかマグナさんもシェナさんも、げっそりと疲れた感じ……というか、二人とも服が変わってるけど着替えたのかな？

それに、精気を全て抜かれちゃったような顔してるけど、何があったんだろ？

「ただいまーユーリ。この人たちなんでも喋ってくれるって！」

「ええっ⁉　すごいな、よく説得できたね」

この強情そうな姉妹を懐柔するなんて、リノたちもなかなかやるじゃないか。

どうしていいか分からなかったから助かったよ。

「あら、説得なんかしてませんわよ。ただみんなでひたすらくすぐりまくっただけで」

「え、くすぐり……？　待って、一時間もくすぐってたの？」

何それ⁉

そんなことして大丈夫だったの？

「へへん、逃げられないよう縛り付けて、小便漏らすまでガッツリくすぐったぜ」

「その失禁シーンを、『魔導映像機（ゲイザー）』で記録シマシター♪」

「ああっ、それは言わないでって約束したのにっ！」

「はあん、私もうお嫁（よめ）にいけないいいい〜」

マグナさんは顔を真っ赤にして狼狽し、シェナさんは両手で顔を覆って恥（は）ずかしがっている。

まさに悪魔の所業……本物の魔王はリノたちじゃないのか？

「うるさいわね！　全世界に映像公開しちゃってもいいの？」

「だめえっ、なんでも話すからそれだけは許してえっ」

もはや完全にリノたちの言いなりだった。

マグナさんもシェナさんもお気の毒に……

「あ、ユーリにだけは絶対映像見せてあげないけどね」

いやまあそれはいいんだけどさ。

ベルニカ姉妹にちょっと同情した僕でした。

第四章　最古の迷宮

1．迷宮初挑戦

「ここがその迷宮？」

僕たち――僕とリノ、フィーリア、ソロル、フラウ、そしてルクは、『ナンバーズ』ベルニカ姉妹の案内で、ディフェーザの北にある迷宮前に来ている。

ディフェーザの北というよりも、魔導国イオのほうが位置的には近い。

この迷宮から北西にイオ国はある。

迷宮の入り口は結界で隠されていて、四百年ほど前にイオ国が偶然発見したらしい。

その後も厳重に管理されていたので、イオ国の一部の人以外は誰もこの事実を知らないのだとか。

大昔イオを訪れた勇者が、この地方には『魔王を滅するカギ』が隠されていると預言したようで、それがこの迷宮だと推測されているようだ。

謎の場所だっただけに、ベルニカ姉妹の案内なしでは、到底ここには辿り着けなかっただろう。

攻め落としたディフェーザ国だけど、一刻も早く『魔王を滅するカギ』の場所に行きたかったので、侵略後の統治もそのままディフェーザ現国王――マーガス王に任せることにした。

今まで通りの自由な裁量権（さいりょうけん）を与えたので、実質侵略前と何も変わってない状態だ。

もちろん、有事の際は全面的に僕の指示に従ってもらうけどね。

別に目的は侵略することじゃなく、僕の意思がスムーズに反映されればそれでいいので、これでも特に問題はないはず。

ゼルドナと違ってディフェーザは国内も安定しているし、魔王（僕）の力もたっぷり見せつけた。逆らう心配はないだろう。

一応、何かあれば僕のゴーレム『破壊の天使（メタトロン）』で対応するように、マーガス王にはお願いしておいた。

攻め落とされたら許さんぞって脅しておいたので、まあ大丈夫だと思う。

ちなみに、ベルニカ姉妹は以前ディフェーザに力を貸したことがあって、それで王様とは懇意にしていたようだ。

今回、たまたま魔王について相談しに来ていたらしい。

いてくれてラッキーだった。

ただ……ゼルドナに残してきたメジェールさんがおかんむりでしてね。

ドラゴン討伐のときからずっと留守番させちゃってるので、ちょっと拗ねちゃったんですよ。

ベルニカ姉妹から情報を聞いたあと、『魔王を滅するカギ』を取りにいくと『魔導通信機』でメジェールに伝えたら、ヘソ曲げちゃいまして……

迷宮に行く前に一度ゼルドナに戻ろうかと思ったら、「イラッとするから来なくていいわよ！」と怒られる始末。

こりゃどうやって機嫌を直してもらおうかと困ってたら、「留守番してあげるけど、落ちついたらデートするからね。分かった⁉」と無理矢理約束させられてしまった。

まあ仕方ないか。

「魔王って、もっと超常的な力で移動したりするかと思ってたんだけど、意外に地味なのね」

「だな。恐ろしい魔界の力を使うと思ってたよ。見たこともない乗り物なのはさすがだけどさ」

僕たちは魔導車に乗ってきたんだけど、ベルニカ姉妹は少々お気に召さなかったらしい。

超巨大ドラゴン――ゼインの噂はベルニカ姉妹も聞いていたので、そういう魔界のモンスターでの移動を想像していたのだとか。

いや、僕も魔王なんて見たことないんだから、変なことに期待されても困っちゃうよ……

世間の人は、いったいどういう魔王像を想像しているのか、一度調査してみたいところだ。

「言っておくけど、この迷宮には入れないからな。命令されたから、仕方なくここまでは案内してやったけど」

「そうよ。ここの入り口には古代の超強力な結界が張ってあって、『解除魔法』なんてまるで通用しないんだから！」

ベルニカ姉妹が言うには、以前この迷宮を魔導国イオが総力を挙げて調べようとしたけど、入ることすら無理だったらしい。

選りすぐられた数百人の精鋭魔導部隊で、七日七晩『解除魔法』を多重追加詠唱で掛け続けたにもかかわらず、まったく解除できなかったのだとか。

イオ国が調べた限りでは、恐らく世界最古の迷宮で、まだ誰も入った者はいないんじゃないかという見解だ。

『勇者』なら多分結界を解除できるんだろうけど、前回のとき――約五百年前は、まだこの迷宮は発見されていなかった。

なので、未だ人跡未踏と推測されている。

なるほど、『真理の天眼』で解析してみると、古代の術式で封印されてることが分かった。

ただ複雑（ふくざつ）な術式ではあるけど、特別強力といった感じではない。恐らく、覚醒した『勇者』の力に呼応して解除されたりするのだろう。

これなら『神遺魔法（ロストマジック）』の『虚無への回帰（ヴァニタス・エフェクト）』でなんとかなりそうだ。

「万象原点に帰（き）せ、『虚無への回帰（ヴァニタス・エフェクト）』っ！」

僕が魔法を放つと、入り口を封じていた結界が霧散した。

さすが『神遺魔法（ロストマジック）』、めっちゃ強力だね。

「うっっっっそおおおおお〜っ⁉」

「なんなのよっ⁉　魔王を倒すための迷宮なのに、その魔王本人が開けちゃっていいの⁉」

ああそうね、多分コレ魔界の存在では絶対に開けられないヤツだったね。

ついでだから、僕が魔王じゃないってこともバラしちゃおうか。

内緒のまま迷宮攻略するのも面倒だし、シャルフ王や『ナンバーズ』のフォルスさんは僕のこと信じてくれた。

同じ『ナンバーズ』の人なら、僕の正体を知っても問題ないだろう。

悪意などもまったくない姉妹だし、きっと僕に協力してくれるはずだ。

「あのですね、マグナさんシェナさん、秘密にしていたことを話しますが、驚かないで聞いてくださいね。実は僕……本当は魔王じゃないんですよ」

「そんなわけないだろっ、この卑劣（ひれつ）な魔王が！」

「そうよ、私たちにあんな酷いことして、それを変な魔道具に記録までして脅したくせに！」

ええ～？　それやったの僕じゃないのに……

取り付く島もないですね。想定とはまるで違う返事をされてしょんぼりです。

「絶対に、絶対にあんたを赦（ゆる）さないんだから！」

「あとで痛い目に遭わせてやるんだから！　覚悟しなさい！」

リノたちが変なことするから、こじれちゃったじゃないか。

と、少々恨みがましい目でみんなを見たら、責任逃れするかのようにそっぽ向いてた。

まあここまで案内してもらっただけでも良しとするか……

「あのう……もう案内は終わったので、マグナさんとシェナさんは帰ってもいいですよ？

乗ってきた魔導車を自由に使っていいですから」

　魔導車がなくても、僕たちは『転移水晶』ですぐ帰れるからね。『転移水晶』は、一度行った場所にならどこへでも移動できるので。

「ナニ言ってんだ、魔王を自由にしたまま帰れるわけないだろ！」

「そうよ、あなたを倒すカギがこの迷宮にあるんだから、絶対に渡すわけにはいかないわ！」

　んー邪魔されそうで嫌だなあ。というか邪魔する気満々みたいだし。

　まあでも、イオ国の知識は重要だ。迷宮内で役に立つかもしれない。

　僕たちは今ベルニカ姉妹と一緒に、世界最古と思われる迷宮に足を踏み入れている。

『魔王を滅するカギ』を手に入れるためだ。

「オバサンたちさあ、一緒に来るのはいいけど、ユーリ殿には手を出すなよ」

「そうですわ、脳筋魔道士のくせに胸ばかり大きくなっちゃって」

「誰がオバサンですって⁉　私はまだ二十四歳よ！　オバサンなんて言われる歳じゃないわ！」

「アタシだって二十五歳だ！　脳筋でもないし、それに魔王なんかを誘惑するわけないだろっ！」

「分かりませんわよ、男性にご縁のない方なら飢えてらっしゃるかもしれませんし……ちなみにご結婚はされているのですか？」

「い、いや、してないけどさ……」

「行き遅れってヤツね。可哀想……」

「二十五歳って全然行き遅れなんかじゃないぞ、普通だろ」

「い、一応ワタシは四十歳デスけど、エルフ族は平均五十歳で結婚するから行き遅れではないデスよ？（ウソ）」

「二十五歳で未婚ねえ……じゃあ彼氏はいるの？」

「そ、それはまあ、今はいないけどよ」

「前はいたってことか？　そんな感じには見えねーけどな」

「か、彼氏くらいいたに決まってるだろ？　な、シェナ！」

「う……うん、そうよ、いたことくらいあるわよ」

「ウソですわね。わたくしの『聖なる眼』はごまかせませんわ」

「やだー、さみしい人生ね……」

「なんなんだよこの魔王ガールズは⁉　魔王より性格悪いぞ！」

魔導車の中でもずっとこんな感じだったけど、見方を変えれば、打ち解けてると言ってもいいのかも？

女の子のコミュニケーションって、なんか独特(どくとく)で分かりづらいよね。

ルクもその異様な雰囲気を感じたのか、彼女たちから離れて僕に付き添うように歩いている。

それにしても、二十四、五歳で『ナンバーズ』になれるほど強いなんて、さすが魔導国イオ出身、魔法に関しての成長力は凄いな。

あと数年したら、トップの座も狙えるかもね。

さて迷宮攻略だけど、何を隠そう、実は僕たちダンジョンは初めてだ。

いずれ挑戦しようとは思ってたんだけど、結局その機会が来なかった。

フラウはちょっとだけ経験があるらしいが、ほぼ役に立たないレベルの情報だ。

なので、ベルニカ姉妹がいてくれると結構心強い。

ただ、ここには『魔王を滅するカギ』があると言われるだけに、出てくる敵がとんでもなく強い。

みんなに迷宮内での戦闘を経験させてあげたかったところだけど、危険すぎてさすがに無理だ。頼りのルクも、ここでは真の姿に変身できないし。

通路の広さはそれなりにあるとはいえ、体長十メートルの『キャスパルク』ではちょっと身動きがとれない。

よって、可能な限り僕が一人で倒していくつもりだ。

みんなには、探索面でのサポートをお願いすることに。

特にベルニカ姉妹は迷宮慣れしているので、地図製作(マッピング)をお願いした。

効率よく進むためにも、マッピングは欠かせない作業だ。

ベルニカ姉妹は初め協力を断ったんだけど、リノたちの拙(つたな)いマッピング技術を見て、仕方ないからやってやると請け負ってくれた。

なんだかんだいってお人好(ひとよ)しな姉妹だな。

そのダンジョン探索だけど、一番問題となる罠(トラップ)に対して僕たちはかなり無防備である。

何故なら、『盗賊(シーフ)』がいないからだ。

盗賊(シーフ)はダンジョン探索のスペシャリストで、攻略に必要な様々なスキルを持っている。

トラップに対しても、発見から解除まで非常に頼りになる存在だ。

一応、通常の迷宮程度なら盗賊(シーフ)がいなくてもなんとかなるが、この迷宮は違う。

メジェールたち勇者チームが挑んだ『試練の洞窟』も相当厳(きび)しい迷宮だったらしいが、ここは間違いなくそれ以上で、恐らく最高難易度(なんいど)のダンジョンだろう。

さすがに盗賊(シーフ)なしでは、トラップ対策がどうにもならない。

というか、ここのトラップは盗賊(シーフ)でも手に負えず、上位盗賊『探求者(シーカー)』クラスじゃないと解除は無理だろう。

『探求者(シーカー)』ともなると、『盗賊魔法(シーフマジック)』が使えるようになる。

それはトラップを見つけたり解除したり、ダンジョンのマップを自動作成したり、

『宝擬態判定（ミミックサーチ）』もできたりする。

元クラスメイトのトウカッズは『迷宮適性』というレアスキルを持っていたので、今ならきっと『盗賊魔法（シーフマジック）』も使えるだろうな。

今度会ったら、スキルコピーでもらっておきたいところだ。

ほかにも迷宮内で不便なのは、気配や危険を探知（たんち）できる僕のスキル『領域支配』が役に立たないこと。

ダンジョン内の不可思議（ふかしぎ）な力によって、感知機能が上手く働かないのだ。

かなり接近すればかろうじて探知できるが、ほぼ無意味だ。

一応、リノからスキルコピーした『超五感上昇（スーパーセンシティブ）』で、怪しげな音や匂いを調べながら進んでいるけど、それだけじゃ心もとないし、この能力も迷宮内では鈍っている。

あと、やはりリノから継承した『解錠（かいじょう）』スキルもあるけど、これはドアのカギを開けたりするスキルで、トラップの解除とは少し違う。

様々な効果を打ち消す『虚無への回帰（ヴァニタス・エフェクト）』も、トラップに対しては効き目がない。

メジェールたちが『試練の洞窟』に挑戦したときも、盗賊（シーフ）がいなくてかなり苦労したらしい。

おかげで『試練の洞窟』クリアまで何ヶ月も掛かったみたいだけど、僕たちはそこまで時間を掛けられない。

ということで出した結論。

危ないトラップは、全部僕が喰らって突破する。


事前解除の方法が分からないからね。

怖がって慎重に進んでたら、いつまで経っても踏破なんかできないし。

ダメージトラップだろうと毒ガスだろうと手強いモンスターが出てこようと、僕にはまったく問題ない。落とし穴系も平気だ。

僕が囮となって力ずくで進んでやる。

トラップが発動すればある程度仕組みが分かったりするので、その後は対応することも可能だった。

例えば、落とし穴や弓矢、炎や雷、落石などのダメージトラップは、一度発動させた後、力技で破壊したりして突破していった。

モンスターが出てきたときは、そのまま瞬殺していけばいいし。

「なんて強引な魔王なんだ！　トラップなんて全然モノともしないぞ⁉」

「さっきは二十トンくらいありそうだった落石を片手で止めてたし……」

ベルニカ姉妹はひたすら驚きの声を上げ続けている。

それを見て、リノたちはちょっと自慢げな様子だ。

ちなみに、一度訪れた場所ならどこにでも移動できる『転移水晶』は、ダンジョンの中ではその力を発揮できず、使えば迷宮から脱出してしまう。

そして一度外に出てしまうと、『転移水晶』を使っても迷宮内の元の場所には戻れない。

つまり、ダンジョンから出た後また元の場所まで行くには、最初からもう一度進み直さないといけないのだ。

ボスらしき部屋の前で一度外に出て、準備を整えてから改めてそこに飛ぼうと思っても、残念ながらできないってこと。

もし『転移水晶』が正常に使えるなら、僕だけ先に進んでみんなを一気に呼び寄せるなんてこともできたんだけど……

ほか、迷宮内を土魔法で掘って移動するなんてことも、もちろん不可能だ。

ダンジョン内には特殊な力が作用してるので、正攻法で地道に進む以外にクリアする方法はないのである。

さすがに一日では踏破は無理で、本日の探索はここまでとして、僕たちは適当な場所でビバークすることに。

モンスター除けの強力な結界を張ったのち、みんなで眠りに就くのだった。

翌日……というか日が昇るわけじゃないので、なんとなくの感覚で目が覚める。

ダンジョンでの必須アイテム——魔力で動く懐中時計を確認すると、朝の六時だった。

まだかなりの早朝ではあるが、僕に続いてみんなも起き出してきた。

いつもは寝坊助のリノたちも、ここではやはり寝心地が悪かったらしく、自然と目が覚めたようだ。

ということで、朝食を終えてからまた探索を開始する。

「ぎょえええっ、デスメデューサとダークセンチネルの大軍があぁっ⁉」

「ちょっと待って、こんな人数じゃとても捌ききれないわよ⁉　早く逃げないと……」

デスメデューサはメデューサの上位種で、『石化視線』どころか『呪王の死睨』と同じ『即死睨み』をしてくるやっかいなヤツだ。

『呪王の死睨』ほど強力じゃないので、上級冒険者なら一発で死ぬということはないだろうけど、何度も使われたらレジストに失敗して即死することもありえる。

ダークセンチネルは闇属性の魔物で、実体を持たないエネルギー生物みたいなヤツだ。

解析した限りでは、どちらも『即死無効』を持ってるみたいなので、『呪王の死睨』じゃなくて通常魔法で倒すことにする。

火属性魔法レベル８の『爆炎焦熱地獄（ゲヘナ・ボルケノン）』を、無詠唱で連発しまくった。

レベル８までは詠唱破棄（はき）ができるからね。

『魔力』と『魔術』が融合（ゆうごう）した上位スキル『魔導鬼』も持ってるので、威力も充分問題ない。

ということで、ものの十秒ほどで、デスメデューサとダークセンチネル合わせて十数体を焼き尽くした。

強敵との戦闘を楽しみたくもあるけど、今回はあまりのんびりしてられないし、みんなに何かあっても困る。

サクサク殺して進むことにしよう。

ちなみに、『真理の天眼』でミミックと宝箱は見分けられたので、宝箱だけ開けていった。

今のところ、特に凄い宝は入手してないけどね。

まあ通常の冒険者にとってはかなり価値のある物もあったけど、『魔道具作製』レベル10を持つ僕にとっては、特に必要のない物ばかりだった。

しばらく歩くと、今度は迷宮のトラップに僕が引っ掛かる。

どのみち解除は難しいので、何があろうと強引にガンガン蹴散らしていく所存（しょぞん）だ。

もちろん、みんながそばにいると危険なので、トラップがありそうな所は僕だけで進んでいる。

「ちょ……え？」

「ウ、ウソだろっ⁉　ぎょえええええっ！」

トラップが発動したのを見て、マグナさんとシェナさんが悲鳴を上げる。

今回のトラップは、天井からわんさかモンスターが降ってきた。

細長い十メートルほどの昆虫型多足モンスターで、これはデビルワームというヤツだ。

それが数十匹、少し広めの通路を埋め尽くすように落ちてきて、僕に襲い掛かる。

「その身を潰せ、『超超潰圧陣（ギガトンプレス）』っ！」

あちこち散らばる前に、『重力魔法』で即座に全部圧殺した。

リノたちには充分離れてもらってたので、この魔法の影響はほとんどなかったようだ。

「うげえ、ぐちょぐちょに潰れて気色（きしょく）悪い……」

「『重力魔法』って、『時間魔法』や『空間魔法』に匹敵するほどの希少（きしょう）な魔法じゃないの！　そんな魔法まで使えるなんて、さすが魔王ね」

ちなみに、『冥霊剣（エリュシオン）』の力を解放してまとめてモンスターを始末する手段もあるけど、残念ながら迷宮内では近辺にしか効果が届かないらしい。

結構魔力も使うので、迷宮内ではあまり有効な手段とは言えない。

ダンジョンの中では、様々なことが不思議な力で制限されているので、コツコツとモンスターを倒しながら進むしかないのだ。

魔物を倒しながら階下へ下りていくと、悪魔の姿を模（も）した石像が行く手を阻むように立っていた。

なんだと思って近付くと、僕の接近を感知したのか、その彫像（ちょうぞう）が突然動き出した。

石像じゃない、これはガーゴイルだ！

「おわっ、こ、こいつただのガーゴイルじゃないぞ！」

「『黒鋼の守護兵（マスターガーディアン）』だわ！　倒すのは無理よ！　逃げないと……」

「いや、こいつからは逃げるのも不可能だ！　どこかに停止させるスイッチがあるはずだから、それを見つけ出すんだ！」

ベルニカ姉妹の言う通り、これは『黒鋼の守護兵（マスターガーディアン）』という迷宮の守護ゴーレムだ。

体長二メートル五十センチほどで、どうやらボディは石じゃなく、硬質なレアメタルでできているようだ。

動きもかなり素早いぞ。おっと、なんか光線（レーザー）を撃ってきた！

色々と物騒（ぶっそう）なヤツなんで、速攻『冥霊剣（エリュシオン）』で斬って破壊する。

「…………え？　『黒鋼の守護兵（マスターガーディアン）』って壊せるの？」

「アタシも初めて見た……」

奥に進んでいくと、次はいかにも怪しげな細い通路があった。

間違いなくトラップで、何か解除の仕方があるんだろうけど、探している時間はない。

なので、また僕だけで通路に入っていく。

中ほどまで進んだところで、思った通りトラップが発動した。

左右の壁から超高温の炎が噴き出たのだ。

解析したところ、温度は数万度。この程度なら、ゼインのブレスのほうが圧倒的に破壊力は上だな。

炎を喰らいながら進んでいくと、奥に停止スイッチがあった。

良かった、破壊の仕方が分からなかったから、冷凍波(れいとうは)で凍(こお)らせようかと思ったよ。

トラップの停止を確認してから、リノたち後続を呼ぶ。

「い、今とんでもない炎に焼かれてたよね？　なんで無事なの？」

「この魔王、どうやれば倒せるのかまるで見当が付かないわ……」


この調子でどんどん迷宮を進み、僕たちは広めの部屋へと入室した。

んーこれはいわゆるボス戦だね。

ダンジョンでは、下の階に下りる場所を強敵が守っていることがある。

これは『フロアーボス』と呼ばれていて、各階に必ずいるわけじゃないけど、だいたい二～三階も進めば一度は出会うことになる。

ここに来るまでにも出会ってるけど、迷宮に入ってすぐの上層階では、それほど強いボスは出てこない。通常よりも少し強い程度のモンスターだ。

しかしこの部屋は、明らかに今までのフロアーボスとは様子が違う。

ぼちぼち迷宮も本気出してきたってところか。

少々危険な戦いになるかもな。

「ルク、何かあったらみんなを守ってくれ」

「ンガーオ！」

任せておいて、といった表情でルクが返事をする。

ここなら通路と違って広さも高さもあるので、ルクが真の姿に変身しても大丈夫だろう。

みんなを離れた場所に待機させ、僕だけ部屋の中央へと進んでいく。

と、天井の一部が開いて、上から巨大モンスターが降ってきた。

迷宮の怪物ミノタウロスだ。それも三体も。

見たのは初めてだけど、あまりにも有名なだけに当然僕も知っている。

しかし、実物は意外に大きいな。体長八メートルくらいあるぞ。身体も燃えるように真っ赤だし。

「ひっ、ひいいいっ、ジェ、『全滅の牛頭人(ジェノサイダー)』だっ！」

「こんなのラスボス以外で見たことないわよ！　それが三体もいるなんて!?」

「以前たった一体に、アタシらまさに全滅寸前までやられたことがあるんだっ、それ以来トラウマなのにっ」

ベルニカ姉妹が真っ青な顔で絶叫する。

うん、確かに強そうだけど、解析したところ『即死無効』を持ってないっぽいので、『呪王の死睨』が効くかも？

とりあえず試してみるか。えいっ！


……三体とも即死した。


「……もうイヤっ、この魔王おかしすぎるっ！」

「考えてみりゃ『魔王』だもんな。そりゃ負けるわけないか……」

迷宮内ではずっとベルニカ姉妹は慌てっぱなしだけど、リノたちは冷静だな。

聞くまでもなさそうだけど、一応聞いてみるか。

「僕たちダンジョン探険なんて初めてだけど、リノたちは怖くないの？」

「ぜぇ～んぜん。色んなモンスターが出てきて楽しいわ」

「そうですわね。欲をいえば、わたくしも少しお役に立ちたいところですけど、ユーリ様を心配させては申し訳ありませんし」

「だな。オレでも少しは力になれると思うんだけどな」

「ワタシに任せてクダされば、モンスターなんていつでも全滅させマスよ！」

想像通りの答えだった。強い……

できれば、もう少し危機感を持ってほしいんだけどね。ちょっと心配だ。

油断してると万が一のときが怖いけど、まあ僕が絶対守ることにしよう。

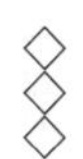

迷宮に入ってすでに五日が経った。

トラップを片っ端から破壊し、出会う敵を全滅させながら強引に攻略してるけど、最強クラスのチームが一ヶ月掛かっても到底ここまでは進めないだろう。

恐らく二～三ヶ月分くらいの攻略はできているはず。

そういう位置まで僕たちは来ている。

というより、敵のとんでもない強さを考えると、覚醒した勇者のチーム以外ではこの迷宮の攻略は不可能じゃないか？

何せ『魔王を滅するカギ』がある迷宮だ。生半可(なまはんか)な戦力ではフロアーボスすら倒せない。出てくる敵も底なしに強くなっていくし、英雄級の『ナンバーズ』が全員揃(そろ)って挑んでも踏破は難しいだろうな。

「なんかもう魔王の強さに慣れちゃって、アタシの感覚麻痺してきたわ」

「ホント。最強ミノタウロスの『全滅の牛頭人(ジェノサイダー)』がザコにしか見えないし、魔王と一緒にいれば怖いモノないわね」

『全滅の牛頭人(ジェノサイダー)』というミノタウロスは、すでに何度も出てきている。

迷宮の怪物と言われるだけに、ここでの出番は多いようだ。

全部即殺してるけど。

「じゃあ入るよー」

トラップ警戒のため、まずは僕が先に部屋に入る。

中はかなり大きく、広さは百メートル四方ほど、高さも四十メートルくらいありそうだ。

入り口にトラップがないことを確認すると、次にみんなが順に入ってくる。

モタモタすると部屋の内外で分断されたりするので、素早く判断して行動しなければいけない。

全員入室したところで、部屋に結界が掛かったのを感じた。

恐らく移動禁止結界だ。僕たちはこの部屋に閉じ込められた。

転移系のアイテムを使っても、ここからは脱出不能だろう。

要するにこれはボス戦で、倒さない限り出られないというヤツだ。

まあ『虚無への回帰（ヴァニタス・エフェクト）』で無理矢理結界を消すことも可能だけどね。

「ちょっとこの部屋……広すぎるわ！　まさか!?」

「まずい、階層ボスだ！　本来は数チーム合同で集団戦（レイド）するべき敵なのに、これだけしか人数いないぞ、大丈夫か!?」

ベルニカ姉妹の言う通り、ここは『階層ボス』と言われる、ある一定の深さに到達すると現れる超絶（ちょうぜつ）強敵のいる部屋だ。

その強さは、フロアーボスの比ではない。

階層ボスは上層、中層、下層と順番に現れる場合もあるし、下層部に固まっていることもある。

この迷宮では上層部に階層ボスはいなかったので、中層部以降から存在していると思われる。

かなりの強敵だが、出会う数としては多くなく、一つの迷宮に二～四ヶ所ほど階層ボスがいるという感じだ。

階層ボスは強すぎるため、レイド戦闘――つまり数チームで協力して戦わないと倒せないけど、ここには僕を含めて七人＋一頭しかいない。

常識的には絶対勝てないバトルだけど、もちろん僕には当てはまらない。

数秒ほど待っていると、地面がゴン、ゴンと揺れ、ひび割れたその下から超巨大なモンスターが現れた。

隆々と盛り上がった筋肉の四つ足に、分厚い胸板と太い二本の尻尾、そして頭部には四本の硬質な角を生やした伝説の凶獣……

「カ、カ、『暴虐の巨獣王』だっ！　本当に存在していたのか⁉」

「ま、魔王より怖い～っ」

ベルニカ姉妹が驚くのも無理はない。コイツはほとんど空想上の怪物だ。

四足で立ち上がったその高さは十五メートルほど、頭から尻尾までの体長は四十メートル以上あるだろう。

まあ巨獣はゼインで見慣れてるから、むしろ小さく見えちゃうけどね。感じる重圧から察するに、強さもゼインには到底及ばないだろうし。

強敵に対する好奇心が少しうずくが、リノたちもいることだし、戦闘はすぐに終わらせよう。

侮れば何が起こるか分からない。

一応、『呪王の死睨』だけ試してみるか。えいっ！

…………………ズドーーン。


大きな音を立てて『暴虐の巨獣王（カイザーベヒーモス）』が崩れ落ちた。どうやら即死したようだ。

まさか効くとは……意外に見かけ倒しだったか。

しかし、『呪王の死睨』はまだレベル1なのに、ホント凄いな。

レジストしたのってゼインしかいないぞ。これならレベルを上げる必要性を感じないくらいだ。

僕のベースレベルや全体的な能力が高すぎて、スキルレベル1でも相手がレジストできないのだろう。

すでに今の状態で、『即死無効』を持っているヤツ以外はほぼ殺せている感じなので、敢えて強化する理由がない。

可能なら、レベルを上げることでどれくらい殺傷能力が上がるのか、何かで実験できればいいんだけど、即死を耐えてくれる敵がいないと無理だ。

まさかゼインで試すわけにもいかないし……

このスキルについては、当分はこのままレベル1で良さそうだな。

何せ、レベル10にするのに経験値1000億以上掛かる。

なるべく経験値は節約したいので、スキルアップは必要性を感じてから考えよう。

「なんなの!?　『暴虐の巨獣王（カイザーベヒーモス）』も一撃なの!?」

「だめだ、この魔王に世界は滅ぼされる〜っ」

「あのう……もう何度も言ってますけど、ホントに僕は魔王じゃないんですよ」

「ウソつけ！　こんな力を持ってて魔王じゃないわけないだろ！」

「私たちをバカにして……騙されるわけないでしょ！」

ベルニカ姉妹には繰り返し説明してるんだけど、全然信じてくれないんだよねえ。

そういやイザヤたちも聞く耳持ってくれなかったな。

僕が魔王じゃないってこと、シャルフ王とかフォルスさんはよく信じてくれたよなあ。

改めて感謝したくなったよ。

探索を始めて七日目。

僕たちはダンジョンの中層を越え、恐らく下層部へと到達している。

ぼちぼち終わりが近付いてきた雰囲気を感じるからだ。

そしてまた階層ボスらしき部屋に入り、敵の出現を待つ。

この部屋、広さも二百メートル四方と凄いが、なんと**天井がない**。

正確には天井が見えないほど高い。

迷宮内だというのにこんな部屋があるなんて……いったいどんなボスが出てくるんだ？

と待っていると、上空から接近してくる気配が。

迷宮内では、気配を感知する『領域支配』が上手く機能しないので、どんなヤツがいるのか分からなかったけど、近付いてくる相手の姿を見てようやく正体が分かった。

「ド、ド、ドラゴン！　待って、ちょっと待って、アレってまさか『冥王竜』じゃない？

まさに世界を滅ぼすレベルの存在よ⁉」

「でかい……五十メートル以上あるぞ！　ま、魔王、アイツに勝てるよな？　負けたりしないよな⁉　っていうか、こんな所であんなヤツと戦闘したら、迷宮が壊れちゃうんじゃないの⁉」

お～すごい。真っ赤なゼインに対し、冥王竜は真っ黒だ。

邪黒竜にちょっと似てるけど、存在感はケタ違いだな。

まあでもゼインより一回り体格も小さいし、守る結界もゼインは三重だったのに対して冥王竜は二重結界だ。

『呪王の死眖』は効かないかもしれないけど、あれから僕も成長してるし『冥霊剣（エリュシオン）』もある。

問題なく勝てるだろ。

その前に、せっかくだからレベル10『竜族使役』を一応使ってみるか。

「我が従僕(しもべ)となれっ、『服従せよ(テイム)』っ！」


……テイムできましたね。

スキル発動後、冥王竜の忠誠心が僕の中へ流れ込んできたのが分かった。

ゼインのときはさんざん苦労しただけに、あっさりできて逆にビックリした。

「あれ、ユーリってばまた手なずけちゃったの？」

「まあね。イイ子で助かったよ」

「ちょ、ちょっと待ったーっ、テイムって何？」

「まさか……冥王竜をテイムしたの⁉」

「うん、できちゃいました」

あれ、ベルニカ姉妹が崩れ落ちた。

さっき僕に勝ってほしいようなこと言ってたのに、なんでショック受けてるんだ？

「終わりだ……こんな魔王に勝てるヤツなんかいない」

「唯一の希望『魔王を滅するカギ』も、コイツに取られてしまうのね……」

安心したり怖がったり絶望したり、感情の忙しい姉妹だなあ。

しばらく放っておこう。

「ユーリ、冥王竜もゼインと一緒に飼うの？」

「んー……いや、コイツは迷宮の階層主だから、外には出せないみたいだ」

「あら、残念ですわね。ゼインさんにお友達ができたかもしれませんのに」

巨大ドラゴンが二匹いても持て余しそうだし、ゼインだけでいいよ。

あと冥王竜はテレパシーとかで喋らないんだな。

忠誠心は伝わってくるので、僕の命令は聞いてくれるんだろうけど、会話ができなくてちょっと寂しいかも。

冥王竜に元の場所に戻るよう命令して、僕たちはまた先に進むことにした。

冥王竜で『呪王の死睨』を試してみたい気持ちはあったけど、テイムした子を殺しちゃうのも可哀想だからやめた。

ゼインをテイムして以来、ドラゴンにはなんとなく愛着あるしね。

ボス部屋から出ようとしたとき、ふとトラップの雰囲気を感じ取る。

「あ、みんな離れてて、とりあえずトラップを確認するから」

リノたちを遠ざけたあと、今までと同様、なんのトラップがあるか敢えて掛かってみることに。

すると、周りの地面が激しく光り、僕を包み込んだ。

な、何かヤバイぞコレ？　今までとは違う、不可思議な力が発動している！

試すのはやめて、一度トラップから抜けよう！

そう思って退避(たいひ)しようとしたが、身体が動かない！　完全に捕らえられている！

まずい、まさかコレは……？

「ンガーオ！」

そのとき、ルクがこっちへ駆け寄ってくる姿が見えた。

「ルク、来ちゃダ……」

僕の叫びより一瞬早くルクが飛び込む。

そしていきなり目の前の景色が変わった。

……しまった！　やはり転移(ワープ)トラップだった！

学校の授業で習ったはずなのに、そういうトラップがあることをすっかり忘れてた！

どんなトラップでも絶対大丈夫な自信はあったけど、強制転移はうっかり失念していた。

ダンジョン初心者のミスがこんなところで出てしまうとは……！

まずいぞ、僕とルクだけみんなと全然違う場所に飛ばされてしまった。

一刻も早く合流しなくては……！

2. 魔王の使徒たち

「ユーリ……!?　えっ、消えた？　ルクちゃんも？　いったいどういうこと!?」

「ユーリ殿っ!?　なんだ今の光は？」

「大変デス！　皆さんコレ、転移トラップデスよ!?」

「転移トラップ？　……なんですの、それは？」

「そこのエルフが言った通り、今のは転移トラップだ。魔王はこの迷宮内のどこかに飛ばされてしまった」

「なんですって!?」

「ウソでしょ!?」

　ユーリとルクが消えて狼狽えているリノたちに、マグナがいま起こったことを説明する。

　階層ボスである冥王竜を手なずけ、いざ次へ進もうとしたそのとき、ユーリとルクは転移トラップでどこか別の地へと飛ばされた。

　敢えてトラップに掛かりながら強引に進んできたユーリたちだが、強制転移のことまでは頭が回らなかったようだ。

迷宮経験が豊富なベルニカ姉妹でさえ、迷宮のあまりの難易度とそれを楽々クリアしていくユーリに驚愕しすぎて、うっかり失念してしまった。

ユーリはすでに最強の力を手に入れてるとはいえ、経験が圧倒的に足りない。

そのツケがここに来て出てしまった結果だ。

「じゃあ私たちも後を追って転移しないと！」

「よせっ、やめておけ！　転移が同じ場所とは限らない」

「そうよ、バラバラになったら、それこそもう絶対に会えないわ」

「じゃあどうすれば……」

ベルニカ姉妹が、慌ててリノたちのことを止める。

別に魔王の配下がどうなろうと知ったことではないはずだが、自然と声が出てしまった。

この緊急時に人数が減る危険性ももちろんあるが、それだけじゃなく、何故かこの魔王ガールズを心配してしまったのだ。

「ユーリたちはこの迷宮のどこかにいるの？　ならひょっとしてコレが繋がるかも」

リノはアイテムボックスから『魔導通信機』を取り出す。

万が一のときに備えて、ユーリから預かっていたのだった。

……しかし、残念ながら繋がることはなかった。

ダンジョンの特殊な力によって、通信は妨害(ぼうがい)されているようだ。

「だめだわ……」

「困ったことになったが、しかしあの魔王なら、おいそれとやられることはないだろう」

「そうね、普通は飛ばされた人が危険なんだけど、この場合は別。あの魔王ならどこに飛ばされても絶対平気よ」

「むしろ問題はアタシたちだ。魔王なしでは、この迷宮内を一歩も進めない。ここでじっと待つしか手はないが、果たして合流できるかどうか……」

ユーリとの合流以前に、自分たちの身の安全をどうするかが問題だった。

モンスターに襲われでもしたら、たとえ六人がかりでも命の保証はない。

「ちょっと思いついたのですが、さっきのドラゴンの子、ユーリ様は元の場所に返してしまったけど、呼んだら来てくれないかしら？」

フィーリアが冥王竜を呼んでみたが、残念ながら姿を見せることはなかった。

あらかじめユーリによって、少女たちの命令を聞くように冥王竜に指示していれば結果は違っただろうが、今回はイレギュラーすぎた。

戻らぬ冥王竜を責めることはできない。

「仕方ない、あまり騒ぐとモンスターが寄ってくるかもしれない。大人しく魔王を待つことにしよう」

ベルニカ姉妹の姉――マグナがそう提案する。

それ一択しかないのだから、選択の余地はないのだが。

しかし、そうは言っても、いつユーリが戻るのかはまったく不明だ。

数時間で戻るのか？　それとも明日？

まさか数日掛かることも？

いや、もう迷宮では二度と会えないのでは？

念のため、迷宮脱出用の『転移水晶』を渡されてはいるが、場所によっては転移妨害されていることがあり、その場合は使用可能区域まで移動しなければならない。

この部屋が転移妨害されているかは水晶を使ってみないと分からないが、一応ユーリを待っているので、使うのは最後の手段だ。

しかし、もし水晶が使えなかったら、自力でなんとかするしか手はなくなる。

残された彼女たち全員に、不安が重くのし掛かる。

ベルニカ姉妹もここで気付く。

自分たちがいかに魔王ユーリに守られてここまで来たのかを。

これほど危険な迷宮でありながら、途中からはまるでそれを意識することはなかった。

あの魔王は、何故か部外者である自分たち姉妹のことも気遣ってくれていた。そのおかげで、迷宮内では一度も命の危険を感じたことはない。

姉妹たちも、いつの間にか魔王ユーリを全面的に信頼していたのである。

世界を滅ぼす恐ろしい魔王なのに、何故か一緒にいると安心できる存在だった。

その感情がなんなのか、ベルニカ姉妹は未だそれには気付かない。

ユーリを待ち続け、長い時間が過ぎた。

懐中時計を確認すると、すでに深夜にさしかかっていた。

リノの『超五感上昇(スーパーセンシティブ)』でもユーリを感じないだけに、今日はもう合流することは無理だろう。

ただ迷宮の中では、『超五感上昇(スーパーセンシティブ)』の能力もいつも通りには発揮できないが。

これはユーリも同じで、『超五感上昇(スーパーセンシティブ)』はユーリも持っているが、リノたちを探知することは難しいと思われる。

事態は好転していないが、こんな状況でも睡眠(すいみん)はしっかり取らねばならない。

彼女たちは就寝(しゅうしん)の準備をすることにした。

「明日、ユーリと会えるかなあ……」

「明日一日待っても魔王が戻らないなら、水晶を使って脱出したほうがいい」

「ユーリ様を置いて、わたくしたちだけ出るわけにはいきませんわ！」

マグナの発言に、フィーリアが反発した。

「でも、いつまでもここは安全というわけじゃないのよ。あの魔王が片っ端から辺りのモンスターを倒したからいいけど、それも時間が経てばモンスターが復活（リポップ）するわ」

「その通りだ。グズグズしてると、周り中復活（リポップ）したモンスターに囲まれて身動きが取れなくなる」

ベルニカ姉妹が諭（さと）すように、現状をリノたちに説明する。

「でも『転移水晶』があれば、いつでも脱出できますわ」

「ここで使えればな。階層ボスの部屋は、辺り一帯も含めて脱出妨害されていることが多い。ボスを倒せば大抵解除されるが、ただ今回は冥王竜を倒していないから、妨害が解除されてない可能性は充分ある」

「その場合、ここを出て水晶が使える場所まで移動しないといけないわ。周りをモンスターに囲まれては、それもできなくなるのよ？」

ベルニカ姉妹の言うことは正論だ。

ユーリと会える保証がない以上、安全なうちに脱出を試（こころ）みるしかない。

ユーリも、自分たちが危険になる前に脱出してくれることを願ってるはずだ。

そのことはリノたちだって理解しているが、それでもやはりユーリを置いて脱出するのは抵抗があった。

明日どうするかはそのときにまた考えることにして、彼女たちは床に就く。

ユーリがいたときは魔物除けの結界を張ってもらっていたが、今はいない。

ここはボス部屋なので、通常のモンスターは出現しないはずだが、何せ最強の迷宮だ、何が起こるか分からない。

一応、ベルニカ姉妹の妹シェナが結界を張れるが、ここのモンスター相手にはまるで効果は期待できなかった。

なので、交代制の見張りを立てることにした。

さて、眠りに就こうとしたとき、リノの『超五感上昇（スーパーセンシティブ）』が何かを捉える。

「みんなっ、誰か来るわよ！」

「うそっ、魔王が帰ってきたか!?」

「さすがご主人様デス！」

「いえ……違うわ！　これ、ユーリたちの気配じゃない！」

「なんだって!?　じゃあモンスターか？」

「それも違うわ。一応人間の気配なんだけど……数人いるの！」

「こんな場所に数人の人間!?　有り得ないわ、どういうことなの？」

「いや、確かに謎だが、人間なら一応味方のはずだ。最悪の状況だったが、なんとか助かったようだな」

誰が来るのか、緊張しながらリノたちが待っていると、そこに現れたのは……

「あ、あなたたちは⁉」

「ん〜？　迷宮の下層なんかにいったい誰がいるのかと思ったら、お前はリノ……それにフィーリア王女様まで！　ククク、まさかこんな所で会えるなんてな」

それはエーアストを脱出して以来――約一年二ヶ月ぶりのクラスメイトたちとの再会だった。


「ど、どうしてあなたたちがこんな所にいるの⁉　それに、どうやってここまで？」

「どうやっても何も、普通に迷宮を進んで来ただけだぜ」

「確かにやたら殺気立った迷宮だが、見かけ倒しだよな」

「まあ、オレたちは強すぎるからな」

「そんな……」

「逆に俺たちが聞きたいぜ。エーアストを裏切ったリノや王女様が、なんでこんな所に来てるのか」

「それにアイツ……ユーリはいないのか？　リノたちと一緒だって聞いてたんだがな」

現れたのはクラスメイト四人＋一体の輝くゴーレム。

スラリと背の高い男は自信家のカイン。顔立ちが整っているせいか、ナルシストの気がある。

授かったスキルはSSランクの『聖剣進化』で、手に持つ武器を聖剣に変化させる能力だった。

小太りな体型なのはゲルマド。調子のいい男で、適当なことをよく公言していた。

授かったスキルはSSランクの『天使化（エンジェリック）』。自身に天使の力を宿（やど）すことで、強烈な攻撃にタフな肉体、そして聖なる力を行使することができるようになる。

中肉中背（ちゅうにくちゅうぜい）だが、かなり筋肉質な体型なのはザンダー。少々短気なところがあり、ユーリにもよく突っかかっていた。

授かったスキルはSランクの『損傷再生』。どんな大怪我でも修復（しゅうふく）する不死身の能力だ。

そして四人目はなよなよと貧弱なリーナス。元から暗い性格だったが、レアスキルを手に入れてから変な自信が付き、陰湿（いんしつ）な性格へと変化した。

授かったスキルはSランクの『人形製作士（ゴーレムメーカー）』で、本来製作が非常に困難なゴーレムを簡単に作り出す能力だ。

連れているゴーレムはもちろんこのリーナスの物で、三メートル近い巨体を持つミスリルゴーレムである。

「私たちはエーアストを裏切ってなんかいないわ。ここにはあるモノを取りに来ただけよ。ユーリは……いま様子を確かめに辺りを回っているわ」

リノが適当なことを言ってごまかす。

ユーリとはぐれたことを正直に話すのは危険と感じたからだ。

それにしても、このクラスメイトたちはどうやってここまでやってきたのか。

答えは簡単である。

ユーリがほとんどのモンスターを全滅させてきたので、そのまま後追いで通っただけだった。

フロアーボスなどは今ではただの空き部屋だし、冥王竜もテイムされたことにより、すでに迷宮の守護獣ではなくなっている。

トラップも片っ端からユーリに破壊され、その機能を失っていた。

要するに、安全な道を辿りながら悠々と進んで来られたのだ。

ただ、迷わずにすんなり進めたことについては、ゲルマドの能力が関係しているが。

そしてもちろん幸運だけじゃなく、この迷宮に対抗するだけの力も、このクラスメイトたちは持っている。

「俺たちもこの迷宮に用がある。元々ディフェーザの北に何かあると聞いてやってきたんだが、しらみ潰しに探しても見つからなくてな」

「諦めて帰ろうとしたところ、いつの間にかこの迷宮の入り口が出現してたんだ」

「それで入ったんだが、簡単にスイスイここまで来られたぜ？」

その幸運がユーリのおかげであることをこのクラスメイトたちは知らない。

しばらくすればまた迷宮に魔物は復活するが、それはもう少し先の話だ。

しかし、なぜこの男たちがこの迷宮にやってきたのか。

当然、『魔王を滅するカギ』を探しに来たのである。

命令したのはヴァクラースだ。

情報収集により、この地に魔王に仇なす何かがあると知ったのだが、魔界の存在では近付けぬ可能性があったので、人間であるクラスメイトたちを派遣したのだった。

「お父さまは……エーアスト国王は無事ですの？」

フィーリアが、ずっと気になっていたことを訊く。

病に伏せっているという噂は耳にしたが、それが真実なのかは分からなかった。

「ああ、あのじいさんは元気だよ。言うこと聞かないんで、ずっと幽閉してるけどな」

「そんな、ひどい……」

父の境遇を聞いてフィーリアは少なからずショックを受けたが、一応無事ということを知り安堵する。

利用価値はあるだけに、やはり殺されてはいなかった。

一日たりとも忘れてなかった復讐心に、再びメラメラと火が付くフィーリア。

——お父さま、あともう少しだけ待っててください。

――そう遠くないうちに、ユーリ様が必ずエーアストを奪還してくれます。

――それまで、どうかご無事で……

フィーリアは父に祈りを送った。

「ちょっと待って、ひょっとしてアンタたちってエーアストの神徒(しんと)なの？」

「エーアストの『神徒』？　……ああそうかもな」

「良かった、アタシたち困ってたのよ！」

ベルニカ姉妹の姉マグナが、相手の正体を知ってホッとする。

エーアストの神徒と言えば、対魔王軍特化戦力として世界にも名が轟いている。

ここまで無事到達してきたことからも、その実力は折り紙付きだろう。

ベルニカ姉妹はユーリたちからエーアストの現状を聞かされてはいたが、残念ながら信じてはいなかった。

なので、まさかこの少年たちが怪しげな存在だとは、つゆほども思っていない。

それどころか、これで少しはあの魔王(ユーリ)に対抗できるのではないかと、一安心しているくらいだ。

「魔王ガールズ、これでちょっとは形勢逆転したな。これからはアタシたちの指示に従ってもらうぞ」

「それに、あなたたちを人質に取れば、あの魔王も言うこと聞くかも」

そう言ってマグナとシェナは、男たちのもとへと駆け寄ろうとする。

マグナたちには別にリノたちと敵対する気持ちはなかったが、こんな場所で同じ人間と出会えただけに、つい本能的に仲間と思ってしまった。

リノたちを人質にするなんていう発言もただの冗談にすぎないが、しかし、その油断が命取りになった。

「待って、そっちに行っちゃダメ！　あぶないっ……！」

「え？　……なっ⁉」


ズシャアアッ！


「はぐううぅっ」

「シェナっ⁉」

シェナが胸と腹部を押さえながら倒れ込む。

無警戒に近付いたシェナを、『聖剣進化』を持つカインがいきなり斬り捨てたのだった。

「ど、どういうことっ⁉　なんでいきなり斬ったのよっ！」

問答無用で妹が斬られ、マグナは怒りの声を上げる。

シェナは胸部から腹部に掛けて、大きく斬り裂かれていた。

常人なら即死の傷だ。英雄級のシェナだからこそ、かろうじて死なずに済んだ。

それでも瀕死の重傷だ。シェナはもう意識がない。

このままではまもなく命は尽きてしまうだろう。

マグナはすぐにエクスポーションを取り出し、シェナの重傷部分に振りかけた。

だが、あまりにも傷が深すぎて、とても治しきれなかった。

いくつ使っても、エクスポーションでは救えない。最上位の回復魔法でも、生存できるかは五分五分なほどの重傷だ。

その回復魔法も、使える当人のシェナがこれでは意味がない。

「コレを使って！」

リノがユーリからもらった『完全回復薬』をマグナへと投げる。

コレは究極の回復薬で、どんな重傷でも治療可能だ。

しかし、それが届く前にカインに斬り落とされる。

「なんなの!?　どうしてこんなコトするんだ！　アタシたちは味方だぞ!?」

「なぁにが味方だ。魔王様に仇なす者たちめ」

「魔王様……って、アンタたち魔王ユーリの仲間なの？　でも、ユーリはアタシたちにこんなことしなかったのに！」

「魔王ユーリだと？　誰に断って魔王様の名を騙ってやがるんだ」

「魔王の名を騙る……？　意味が……分からないわ」

「いいか、オレたちはエーアストの神徒じゃねえ、『魔徒』だ！」

ここにきて、ようやくマグナはこの男たちが人間の味方ではなく、魔王の配下であることを悟る。

そう、魔王ユーリではなく、本物の魔王の、だ。

マグナたちはここに来るまで、エーアストについて何度もユーリたちから聞かされてきた。

魔王軍に支配されてるとか、クラスメイトが洗脳されてるとか、ユーリたちはそのせいで逃げてきたとか。

しかしマグナたち姉妹は、エーアストの悪い噂など一切耳にしたことがなかった。

姉妹はエーアストには行ってなかったが、以前と変わらず平和な日常だという話は聞いていた。

だから、ユーリたちの言うことなどまるで信じなかった。

しかし、今なら分かる。

ユーリたちが訴え続けていたのは全て本当だった。

何故気付かなかったのか、いま目の前にいる男たちからは邪悪な気配を感じる。

そして、ずっと一緒にいたユーリからは、一度もそんな気配は感じなかった。

ユーリがあまりに常識外れの強さだったため、魔王以外に有り得ないと思い込んでしまったのだ。

究極の悪魔滅殺魔法『封魔滅殺究極閃光神波（クルシフィクション・グレイテスト・ランス・オブ・ロンギヌス）』が効かなかったことが、ユーリが人間である証拠（しょうこ）だ。

——彼が……ユーリこそが人類の希望。だからこの迷宮の門が開いた。

——そうだ、アタシたちはずっとユーリに守られていたんだ。

——『魔王を滅するカギ』はユーリにこそ相応しい。こいつらにそれを渡してはいけない。

「魔王……いえ、ユーリを信じないアタシがバカだった……でもアンタたちは絶対に許さない！　逆巻けっ『魔女の狂宴（ヴァル・プル・ギス）』っ！」

マグナが称号の力を解放する。

それによって身体の中で魔力が数倍に膨れあがり、制御不能になって暴れ出す。

「まとめてぶっ殺してやる！　『空覆う剣の雨（エクストリーム・ソードレイン）』……」

「暗黒裂潰獄掌（ランパネイン）！」

今まさにマグナの魔法が放たれようとした瞬間、巨大な黒き闇の手が小太りの男——ゲルマドから出現し、素早くマグナへと巻き付いてそのまま握り潰した。

マグナの全身の骨がボリボリと砕け、そのまま血を吐いて気絶する。

妹のシェナと同様、かろうじて生きている状態だ。

「な、なに今の邪悪な力は……？　ゲルマドのスキルって、確か天使の力を顕現させる『天使化』でしょ？」

「いいえ、今のはそんな聖なる力ではありませんでしたわ。わたくしの『聖なる眼』では、完全に悪魔の力に見えました」

「ふん、さすが王女様、やっぱりその『聖なる眼』はやっかいだね」

ゲルマドは魔王の力の一部を与えられたことにより、『天使化』というスキルが『悪魔化』へと変化していた。

文字通り、悪魔の力を身に宿して戦うスキルである。

ちなみに悪魔とは魔界の生物であり、モンスターや迷宮とは無関係だ。悪魔だからといって、ダンジョン内で襲われないということはない。

ただ上級悪魔は、ダンジョン内の魔瘴気から迷宮の構造を把握する能力を持ってるので、迷わずに進むことが可能だ。

ゲルマドもその力を使うことができたので、最短でこの場まで来られたのだった。

「なるほどな、こいつらが何度も聞かされてきた『クラスメイト』ってヤツか。ユーリ殿と違ってゲスな男たちだぜ」

「本当デス！　ご主人様のお友達とは到底思えマセンね」

「ケッ、ユーリなんかと友達になった憶えはないぜ」

「ああ、アイツにゃあ昔から腹が立ってたんだ。いくらイジメても全然懲りないヤツだったしな」

「まあしかし、面倒なヤツは片付けた。今の二人が噂の最強退魔師姉妹だろ？　もうコレで怖いモノはないぜ」

「だな、あとはこの女たちを好きなようにいたぶれるぜヒヒヒヒ♪」

「言っておくけど、私たちは弱くないわよ」

「そうですわ、邪悪な者は焼却処分して差し上げますわ」

男たちの下卑た言葉を聞いて、リノたちの闘志が大きく燃え上がる。

そして四対四の戦いが始まった。


まずは忍者リノvs『天使化（エンジェリック）』から『悪魔化（デモナイズ）』へとスキルが変化したゲルマド。

リノの持つ『紫光の短剣（ラディウス）』は刀身を光へと変化させることができ、その攻撃は防御することが不可能だった。

しかし、ゲルマドは光る短剣を警戒したのか、リノの攻撃を防御で受けることなく全て躱している。

「ぐっひっひっ、リノってばなかなかやるじゃん。それに強そうな武器も持ってるけど、残念ながらオレには通じないなあ」

「このっ、このっ！　うそっ、なんで当たらないのっ⁉」

「このオレが超強すぎるからさ。世界最強かもよ？」

「ふざけないでっ、あなたなんかユーリが来たらイチコロなんだから！」

「ユーリだって？　あんなヤツ一秒で殺してやるさ」

ゲルマドは注目を浴びるのが好きな男で、そのせいか大言を吐くクセがあった。

実は高等学校時代からリノのことを気に入っており、何度かちょっかいを掛けたこともあるのだが、リノには一切相手にされなかった。

リノといつも一緒にいるユーリを許せず、何度か当たり散らしたこともある。

「必死なリノは可愛いなあ。たっぷりいたぶった後でオレの女にしてあげるからね」

「あなたなんて趣味じゃないわ！　絶対にお断りよっ！」

「じゃあ無理矢理やるしかないなあ。ふひひっ、楽しみだぜ♪」

強気の言葉とは裏腹に、リノは内心焦っていた。

うぬぼれではなく、リノは自分の力を正確に理解している。

『眷女』によってユーリから大きくステータスを受け継いだ自分は、ひたすら地道にレベリングしたこともあり、すでにＳＳＳランクを超えて英雄級『ナンバーズ』にも届く存在になったはずだ。

なのに、目の前の大して強くもなさそうな男に、攻撃を軽くあしらわれてしまう。

それも当然で、リノたち同様エーアストのクラスメイトも、邪悪な力によって大きく成長していたのだ。

この小太りの男が、まさか自分の遙か上の存在とは思わず、リノは何かに惑わされて自分の力が出せないのかと疑っている。

「さぁて、そろそろ捕まえちゃおうかなあ。『暗黒裂潰獄掌(ランパネイン)』だとリノが死んじゃうかもしれないから手加減しないとね」

「ナメないでよね！　あなたなんかに負ける私じゃ……」

「コレがいいか、『囚牢縛鎖(イービルバイン)』！」

「なっ、きゃあああっ！」

ゲルマドが技を放つと、リノの足元が格子状(こうしじょう)に光り、そこから光る蔓(つる)が伸びてリノの身体に絡みついた。

リノの装備には様々な状態異常を防ぐ効果も付いているが、この悪魔の技は対象外だったようだ。

そして、ユーリから受け継いだ高い『筋力(STR)』をもってしても、この拘束(こうそく)から逃れることはできなかった。

リノの身体が、光の蔓によってギリギリとキツく絞り上げられる。

「うぐっ……くうううっ」

「うっひっひー、これでもうリノは抵抗できないね！　どんなイタズラしちゃおうかなあ♪」

　苦痛になす術なく悶えるリノのもとに、ゲルマドが歩み寄っていく。

　また別の場所では、アマゾネスの戦士ソロルVS『聖剣進化』のカインが戦闘を繰り広げていた。

　ソロルはユーリから授かった『岩打ちの大剣』を、そしてカインは振る度に剣身が燃え上がる剣を持っている。

「へえ～、垢抜けない感じはあるけど、美人の素質は充分だな。身体付きもそそるし、こりゃ落としがいがあるねえ」

「ふざけるな！　ユーリ殿以外の男は全員殺したいくらいだぜ！」

　背が高く顔立ちも良いカインは、学校時代女子生徒たちにかなりモテた。

　一番のイケメンは『剣聖』のイザヤであったが、彼は性格に多少の問題はありつつも硬派な部類で、女の子に対して不誠実な態度は取らなかった。

　それに比べ、カインは手当たり次第口説くような女ったらしで、実際酷い目に遭った上に捨てられた女生徒は多かった。

　自信家のカインはリノどころか、勇者のメジェールや、当時の神々しいオーラを纏ったフィーリアにまでコナを掛けていたが、当然相手にされずに一蹴されている。

そして、その三人と仲の良かったユーリに対し、カインは事あるごとに不満をぶつけていたが、ユーリ本人は特に気にしていなかった。

何せ、ユーリ自身もクラスには協調せず、そのくせロクに戦闘もしないのに経験値の分け前だけはもらっていたので、真面目に戦闘をしているクラスメイトたちには負い目があったのだ。

なので、周りから少しくらい厳しい態度を取られようと、ユーリはそれを甘んじて受け入れていた。

だが、そのユーリの余裕持った態度が、むしろ男子の心を逆撫でしていたことにユーリは気付いていない。

「こいつっ、くそっ！」

「凄い剣を振り回してるけど、それに自信があるようだね。なら、その武器もらっちゃおうかな」

ソロルの持つ『岩打ちの大剣』は、当たれば数トンの衝撃を相手に与える必殺の武器だ。

防御不能という意味では、『ナンバーズ』のフォルスが持つ聖剣『首落としの剣』やリノの『紫光の短剣』と同様で、使い方次第では聖剣すら凌ぐ破壊力にもなる。

しかし、カインはその斬撃を軽々と避ける。

あまりの実力差に、ソロルのことを完全に弄(もてあそ)んでいる状態だ。

「ちくしょーっ、剣が当たればお前なんか……！」

「ほーう、ではお望み通り受けてあげよう」

ガキンッ！

ソロルの『岩打ちの大剣(ベルグランデ)』とカインの持つ剣が宙でぶつかり合う。

一瞬にして数トンとなった衝撃が、カインの持つ剣を粉々(こなごな)に破壊してそのままカインを吹っ飛ばす……はずだった。

「なっ、なんで⁉」

打ち合った剣が吸い付くように交差したまま、ソロルが固まる。

『重力魔法』が付与されたこの剣は、どんな方法でも絶対に受け止められないはずなのに、どうして吹き飛ばない⁉

「コレは『飢える者(レマルゴス)』。打ち合った武器の能力を奪う魔剣さ」

「能力を……奪う魔剣？」

そう。

本来カインは、手にした剣を聖剣へと変える『聖剣進化』のスキルだったが、魔に冒されたことにより、魔剣へと変える能力『魔剣変化』になってしまった。

そして『飢える者（レマルゴス）』は、打ち合うことによって相手の武器の質や能力を強奪する魔剣だった。

仮にアダマンタイト製の剣と打ち合えば、その硬さを奪うことができる。

ソロルとの戦いで剣身から炎が出ていたのは、ユーリがエーアストに残してきた『炎の剣』の能力を奪ったからだ。

ただし、奪った能力の中でも、発揮できる力は一つのみ。

現在『飢える者（レマルゴス）』はいくつかの能力を内包しているが、今回は『炎の剣』の力のみを発揮していた。

「なるほど、君のその剣は凄い力を持っていたんだな。『重力魔法』が掛かっていたとは……いったいどこで見つけたんだか。もうその剣はただのなまくらだけどね」

「ユーリ殿からもらった大事なオレの剣が……能力を返せっ！」

「おっと、では自分の剣の力を受けてみるがいい！」

カインは飛び掛かってきたソロルを軽く躱し、奪ったばかりの『岩打ちの大剣（ベルグランデ）』の能力でソロルを払いのける。

その剣の腹が軽く当たっただけで、ソロルは激しく吹き飛ばされ、迷宮の壁に身体を打ち付けた。

「ぐううっ……！」

全身に強い衝撃が走り、ソロルは立ち上がれなくなる。

「ふふん、殺す前にこの俺が抱いてやるよ。こんなイケメンが相手してやるんだから感謝しろよな」

動けないソロルの身体を食い入るように眺め、カインは舌なめずりをした。


リノとソロルが手ひどく打ち倒されていたとき、その裏ではまた別の戦いが繰り広げられていた。

魔道士フィーリアと『損傷再生』を持つザンダーである。

ザンダーは不死身ともいえる身体修復能力『損傷再生』を活かして拳闘士になっていた。

ダメージを恐れず飛び込み、素速い動きで必殺の一撃を打ち込むスタイルだ。

フィーリアもそれを理解していて、近付かせないように細かい魔法で牽制をする。

「『雷撃破（ライトニング）』っ！　……『轟炎焦壁（フレイムウォール）』っ！」

「ククク、王女様の魔法気持ちいいなあ」

ザンダーは彼女の魔法を一切避けず、喰らうがままにしていた。

ザンダーの『損傷再生』は、ユーリが持つ『超再生』には遙かに劣（おと）るが、この程度のダメージならどんなに受けてても問題ない。

フィーリアもそれは分かっているが、詠唱に時間が掛かると近付かれてしまうため、比較的すぐ撃てる低レベルの魔法を使うしかなかった。

しかし、ザンダーの様子を見て、自分が遊ばれていることに気付く。

相手が本気なら、とっくに自分は距離を詰められて負けている。

自分が慌てふためいたり怖がる様子を、相手のザンダーは楽しんでいるのだ。

そうと分かれば、もう少しレベルの高い魔法で応戦しよう。

少しくらい詠唱が長くても、相手はその隙を見逃してくれるはず。

フィーリアは相手の油断につけ込むことにした。

「『串刺し地獄(ランドスピア・エクスキューション)』っ！」

殺傷能力の強い、レベル8土魔法をぶつけてみる。

これは地面から鋭利(えいり)な岩の槍が多数出現し、相手をズタボロに串刺しにする魔法だ。

その思惑通り、ザンダーは腕より太い岩の槍で、全身穴だらけにされる。

「はああ、気持ちイイ！　王女様の愛を感じるよぉ〜♪」

恍惚(こうこつ)とした表情で喘(あえ)ぐザンダーを見て、フィーリアは心底背筋(せすじ)が凍った。

自分の魔法がまるで効いていない。

それどころか、わざと全身で喰らって、そのダメージを味わっている。

ザンダーは自らの身体を壊しながら、串刺しから逃れようと無理矢理もが・い・た。

すると、岩槍に肉体が引き裂かれ大きく損傷し、そしてその破壊された細胞がすぐに修復されていく。

まるで地獄のような光景だ。

――いいでしょう。

――それならこっちも、たっぷりと愛情を込めて魔法を撃って差し上げますわ。

フィーリアは元々、火や土などの『属性魔法』は得意ではない。『光魔法』に一番素質があった。

しかし、実際に育てたのは『闇魔法』だ。

ただ相手を倒すだけではつまらないという、かなりねじくれた願望で育てたわけだが、その昏（くら）い情熱を注ぎ込んだ『闇魔法』の威力は伊達（だて）じゃない。

そして彼女の持つ『解放の杖（エレフセリア）』は、装備者が覚えている魔法の2レベル上までの魔法が使える杖だ。

つまり、本来自分が使えない強力な魔法を撃つことができる。

その力を借りて、一語ずつ念入りに長い詠唱をつむぎ終えたフィーリアが、必殺の『闇魔法』を撃ち放つ！

「後悔しなさい、『責め続く拷問（クルーエル・ナイトメア）』っ！」

これは全身の細胞を毒が蝕（むしば）んで腐らせる、レベル10の『闇魔法』だ。

同じレベル10の『邪悪たる存在の進撃（ケイオス・インヴェイド）』は広範囲の敵を攻撃するが、状態異常を与えるのみで直接的なダメージはない。

それに対し、『責め続く拷問（クルーエル・ナイトメア）』は相手単体のみに作用する魔法だが、その分威力は強烈で、数分掛けて全身の筋肉、血液、全臓器を破壊し、地獄の苦しみを与えながら死に至らしめる。

炎や雷撃などのダメージとは違って、細胞そのものを断続的（だんぞくてき）に激しく破壊していくので、回復もそう簡単には追いつかない。

この強力無比で残酷（ざんこく）な魔法を、フィーリアは一度使ってみたかったのだ。

——ユーリ様に仇なすこの男には、この魔法こそが相応しい。

その歪んだ愛をいかんなく発揮したが、しかしザンダーには通用しなかった。

「あほおおお、効く効く、王女様スゴイ〜！」

「そ、そんな……」

ザンダーは初めてフィーリア王女に会ったときから、本気で恋をしていた。

身分の差など問題ではない。魔王討伐で手柄を立てれば、きっと王女様を手に入れられるはず。

何故なら、不死身の力を授かった自分は、選ばれた人間なのだから。

しかし、皮肉にもザンダーはその魔王軍に利用されることになってしまった。

だが闇に落ちても、フィーリア王女への愛は変わらなかった。

いま力ずくでその願いを叶えるチャンスが来た。

「王女様、もう終わりですか？　なら今度はオレの番ですね……」

絶望の表情を浮かべたフィーリアに、ザンダーがゆっくりと迫っていく。


そして最後の対戦は、弓使いフラウと『人形製作士（ゴーレムメーカー）』のリーナスだ。

正確には、リーナスが作った三メートルのゴーレムとフラウの戦いであるが。

「このっ、このっ、ワタシの矢からは決して逃げられマセンよ！」

フラウは追尾機能（ホーミング）効果が付いた『月神を喰らう弓（マーナガルム）』で、銀色に輝くゴーレムを狙い撃つ。

この追尾機能（ホーミング）によって、ある程度方向さえ合っていれば、全て自動で相手に命中するほどだ。

フラウは『炎の矢』や『雷の矢』、『粉砕の矢』など、つがえる矢を変えて次々に撃ち放つが、その銀のゴーレムにはまるでダメージを与えられない。

それならと、衝撃波で強烈に弾く『蹴散らす砲弾（ラッセルキャノン）』を用意する。

一撃でモンスター軍団をまとめてぶっ飛ばした矢だ。

貫通力や直接的なダメージこそないものの、壁で囲まれた迷宮内で喰らえばただではすまないはず。

「コレでどうデスかっ！」

放った矢の衝撃で、ゴーレムが彼方まで吹っ飛ぶ……

そう予想していたフラウだが、なんとゴーレムはガギンと衝突音を鳴らしただけで、のけぞりすらしなかった。

「そんな……」

「むっふっふ、ボクのミスリルゴーレム『ミリムちゃん』は、どんな攻撃でも壊せませんよ」

リーナスは幼少の頃から創作(クラフト)の趣味があり、手先はかなり器用だった。

それが関係しているのかは分からないが、『人形製作士(ゴーレムメーカー)』の能力はリーナスにピタリと合致(がっち)した。

初期からゴーレム製作は上手だったが、今や本人が無敵と自負するまでのモノを作れるようになった。

それがこの『ミリムちゃん』だ。

名前はアレだが、本人は大まじめに作った大傑作(だいけっさく)である。

実際今回のメンバーで一番強いのは、この『ミリムちゃん』かもしれない。

スピード、パワー、反応、耐久の全てにおいて、この場の人間たちを凌駕している。

迷宮のトラップはほとんどユーリが破壊していたが、わずかに残っていたトラップも、この『ミリムちゃん』のおかげで突破して来られたのである。

　それならとばかり、フラウはゴーレムの後ろに隠れるリーナスを狙ったが、その『ミリムちゃん』の巨体からは想像も付かないほどの反応と素早さで、矢を全て叩き落とされた。

「ワタシの無敵の矢が全然効かないなんて……」

「んふんふ、お人形のように綺麗なエルフちゃんの身体、ボクが色々いじってあげますよぉ～」

「ひぃいいいっ、ヤメてっ、こないでクダさぁいっ！」

　フラウは矢継(やつ)ぎ早に矢を射(い)るが、『ミリムちゃん』の歩みは止まらない。

　そしてとうとう目の前にまで接近され、その巨大な腕に彼女の細い手足が掴まれる。

「痛い、痛いデスっ、離してクダさぁいっ」

「んふー、エルフちゃん人形最高ー♪」

「お、そっちも戦闘終わったか。んじゃあお楽しみタイムに突入すっか」

「リノ～、このときをずっと待ち焦がれたぜぇ～♪」

「安心してください、王女様だけは生かして連れて帰りますから。利用価値があるのでね。ほかは弄んでから皆殺しだ」

　絶体絶命のリノたち四人。

重体となっているベルニカ姉妹も、もはや命の火が消えようとしている。
離れてしまったユーリがいつ来るかは分からない。
いちかばちかの『転移水晶』も、もう使うことはできない。

それでもリノたちはユーリのことを信じる。
ユーリはどんなときだって無敵だった。
ユーリが授かった称号は『神人（かみびと）』だと言っていた。
そう、ユーリは神様なのだ。絶対に、絶対にユーリは現れる。
入り口を振り返って見れば、きっとそこには…………

ユーリがいた。

3．激突！　クラスメイト

「ユーリ……！　絶対、絶対来てくれると思ったよ！」
「ははっ、さすが無敵のユーリ殿だぜ！」

「やはりユーリ様は本物の救世主ですわ」

「ご主人様あああああっ、お待ちしてマシターっ」

「みんな、大丈夫だったか⁉　フラウ、気絶しないなんて成長したな」

「ハイ！　ご主人様を信じてたので怖くなかったデス！」

「ケケ、久しぶりだなユーリ。殺されに来るとはバカなヤツ」

「カイン、ザンダー、リーナス、ゲルマド、何故こんな所に……いったいリノたちに何をしたんだ⁉」

　転移トラップで飛ばされたあと、必死の思いで戻ってきてみれば、何故かエーアストにいるはずのクラスメイトたちがいた。

　それに今、リノたちみんなが襲われていた。僕を狙うならともかく、リノたちまで抹殺対象に入っているのか⁉

　というより、いくら上位スキルを授かったクラスメイトとはいえ、今のリノたちに勝つのは容易ではないはず。

『ナンバーズ』のベルニカ姉妹だってい……あれ、ベルニカ姉妹が見えないがどうしたんだ？

　……いや、あそこの壁際に二人揃って倒れているのが姉妹か！

　待て、ひょっとして大怪我してるんじゃないのか⁉　全然動かないぞ⁉

強制転移後、僕は自分がどこにいるのか分からず、途方に暮れてしまった。

この広い迷宮で偶然また合流できる確率なんて、ほぼゼロに等しい。

自分がいる階さえ調べようがないのだから、みんながいる階や方向なんてまるで見当がつかない。

上にいるのか下にいるのか、それだけでも分かれば動きようはあるんだけど……

せめて『魔導通信機』が繋がればまだ手はあったかもしれないが、残念ながら使用できなかった。

こうなった以上、みんなが『転移水晶』で脱出してくれてればいいんだけど、それを確かめる術もない。

僕だけ脱出してしまったら、それこそもう終わりだ。

八方塞がり（はっぽうふさがり）の中、気持ちばかり焦っていると、ルクが鼻と耳をピクピクさせながら鳴いた。

「ンガーオ、ンガーオ！」

「えっ、こっちに行こうって……みんなの場所が分かるのかいルク⁉」

「ンガーオ！」

ルクが自信ありげな表情で返事をする。

そういえば、動物には帰巣本能というのがあるんだっけ？

その能力が迷宮内で通用するのか分からないが、ルクは伝説の幻獣だ、元の場所が正確に分かっても不思議じゃない。

いちかばちか、僕はルクの本能に賭けてみることにした。

一刻も早く戻るために、僕とルクは無我夢中で迷宮を駆け抜けた。

そして僕たちは、無事ここまで戻ることができたのだった。

ルクのおかげでギリギリ間に合った！


「マグナさん、シェナさん、大丈夫ですか⁉　今そこに……」

「動くなユーリ、この女たちがどうなってもいいのか？」

『聖剣進化』を授かったカインが、その手に持つ剣をソロルの首に突きつける。

ほかのクラスメイトたちも、人質に取るようにリノたちを押さえ付けた。

「ンガーオッ！　グルルル……！」

みんなの窮地を見て、ルクが真の姿『キャスパルク』になりかかる。

それをかろうじて僕が制止する。

……ちょ、ちょっと待て！　これはどういうことだ⁉

『真理の天眼』で解析してみると、クラスメイトたちのベースレベルが全員５００を超えていた。

いくらなんでも、こんな短期間にそこまで成長するわけがない！　これには何か理由がある。

エーアストの頃からおかしな強さがあるとは思っていたが、まさかここまで成長するとは……

僕は自身の成長に自惚れ、だいぶ敵を侮っていたかもしれない。

当然ヴァクラースもさらに成長しているはずで、想定していた強さを修正する必要があるな。

だがひとまずそれは置いといて、今はこの状況をなんとかしないと……

「カイン、ゲルマド……みんな一度しか言わないからよく聞け。今すぐリノたちを離せ。じゃないと、全員……殺す！」

僕は本気だ。

ベルニカ姉妹の容態も心配だし、リノたちを殺させるわけにもいかない。

クラスメイトたちは間違いなく魔に洗脳されているが、元に戻せるかどうかは分からない。

その状態で、リノたちの命を賭けてまで交渉をしようとは思わない。

返答次第では、有無を言わさず『呪王の死睨』で即殺する。

だが……もちろん殺したくはない。

今は魔王軍に操られているとはいえ、本来は貴重な対魔王軍戦力だ。

確かに性格に問題のあるヤツらではあったが、あくまで若さ故の傲慢で、犯罪者のような心を持っていたわけではなかった。

元に戻れば、ちゃんと人間側として魔王軍に立ち向かってくれる。

だから……殺したくない。

頼む、リノたちを解放してくれ……！

「ククク、昔からお前はそうだった。無能な経験値泥棒だったクセに、何故か俺たちを見下すようにしていたな」

「そんなことした憶えは……」

「いいや、オレたちがいくらお前を痛めつけても、お前はまるでこたえなかった。その余裕カマしたツラが、ずっと気にくわなかったんだよ」

「その通り！　お前はボクたちをバカにしていたんだ！」

そんなつもりはなかったけど、言われた通り僕は経験値泥棒だったし、争いはしたくなかったから適当に受け流してた。

ひょっとして、それが嫌味な態度として取られてしまったのかもしれない。

いずれ自分が凄い経験値をもらえることも知っていたので、自分でも気付かないうちに、彼らをどこか見下していた可能性もある。

　我ながら無神経なところがあったと、今さらながら反省している。

「いいぜユーリ、こんな脅しじゃつまらねえ。お前を直接ボコって力の差を思い知らせてやる！」

「ああ、最初から人質なんかで終わらせるつもりはなかったぜ。お前がムカついたから、リノたちを盾にとって土下座でもさせてやろうかと思っただけだ」

「お前とはキッチリ勝負付けて、二度とそんな口たたけないようにしてやる」

「っていうか、ボクの『ミリムちゃん』で殺してあげるけどね」

　カインたちがリノたちを解放した。

　良かった……クラスメイトを殺さずに済みそうだ。

　それにしても、みんな凄いベースレベルだ。ヴァクラースがレベル５２０だったが、それと匹敵するほどになっている。

　当たり前だが、たった一年少しでそんなにレベルが上がるわけがない。

　大量経験値（クリアボーナス）がもらえる『試練の洞窟』を踏破したとしても、ここまで成長するのは不可能だ。

　この驚異の成長力は、洗脳されていることと何か関係あるのか？

　ただし、ベースレベルに比べ、スキルの成長はそこまででもない。

リノたちよりはさすがに上だが、しかしベースレベルにここまで経験値を使うなら、普通はもっとスキルアップにも経験値を回すはず。

そのほうが強いからだ。なのに、スキルをおざなりにしている。

ということは、経験値を使ってベースレベルを上げたのではなく、何か別の方法で成長したのでは？

スキルを育てなかったのではなく、きっと育てるほどの経験値を稼いでいないんだ。

リノたち『眷女』もそれほど経験値を稼いだわけじゃなく、僕からステータスを加算されて強くなっている。それと似たような方法なのかもしれない。

待て……『魔王の芽』ってなんだ⁉

解析に、以前には見えなかったモノがある。

『真理の天眼』の力が上がったり、フィーリアから『聖なる眼』をもらったおかげで、多分この『魔王の芽』が見えるようになったんだ。

そういえば、以前フィーリアの隠し部屋で謎の男たちに襲われたとき、彼らは倒されたあと弱体化し、記憶もなくなっていた。

あのときは魔のことを知らなかったから分からなかったけど、いま思うと、アレは『悪魔憑き』の状態だったんだ。

だから一時的に能力が上昇し、そして憑きが祓われると、能力は元に戻り記憶も消えた。

この『魔王の芽』は、現状では少々解析が不完全だけど、魔王の力の一部だと推測する。

『悪魔憑き』で一時的に操るのではなく、魔王軍として正式に戦力が欲しかった。だから
クラスメイトたちには魔王の力を植え付けた。

そして植え付けた力――種は芽となり、クラスメイトたちの能力が大きく上昇した。

一年以上敵が大人しくしていたのは、この『魔王の芽』が育つのを待っていたんだ！

この仮説は、あながち間違ってはいないだろう。

上位スキルを持っているカインたちがこれほど成長しては、まだまだ戦闘経験の足りな
いリノたちでは敵うはずもない。

この『魔王の芽』をなんとかできれば、クラスメイトたちも元に戻るかもしれない。

しかし、ベルニカ姉妹の様子から察するに、あまり時間を掛けてはいられない。

カインたちを元に戻したいが、まずはベルニカ姉妹を治療しないと。

今回に限っては、『魔王の芽』については後回しだ。すぐに戦闘を終わらせる！

彼らの戦意を僕に集中させるため、ルクを後ろに下げてから宣言する。

「君たち程度は一分もあれば楽勝だから、四人まとめて掛かってきていいよ」

「な……んだとぉっ⁉」

「この野郎っ、ナメやがって……！」

「ぶっ殺す！」

「ユーリ、絶対勝ってね！　負けないで！」

僕は敢えて挑発して怒らせ、戦いを急がせることにした。

ベルニカ姉妹をざっと解析した限りでは、まだもう少し状態は保つ。一分で終わらせれば、充分治療が間に合うはず。

ヴァクラースとの決戦のためにも、クラスメイトたちの力を確認しておきたいんだ。

それまでちょっとだけ辛抱してほしい。

「時間がない、早く掛かって来なよ。それとも僕が怖いのか？」

「ふざけんなっ！　オレたち相手にそんな口ききやがって……！」

「相変わらず虫の好かねえヤツだ！」

「ボ、ボクも頭に来たぞ！」

「リノと仲がいいのも許せなかったが、そのナメた態度もう勘弁（かんべん）ならないぜっ、ぶっ殺してやる！　『暗黒裂潰獄掌（ランパネイン）』！」

まずはゲルマドから、黒い影が僕に向けて放たれた。

これは……悪魔の力だ！　解析では、ゲルマドのスキルが『悪魔化（デモナイズ）』となっている。

確かゲルマドが授かったのは『天使化（エンジェリック）』だったはずなのに何故!?

………そうか！

恐らくだが、『魔王の芽（デモンシード）』の効果でスキルが逆ベクトルに働いてるんだ。

聖なる力が反転されて、悪魔の力になっている。そんなところだろう。

しかし、これなら『天使化（エンジェリック）』のほうが手強かったな。

天使の力を顕現することにより、攻撃力や魔力は倍増し、受けるダメージは半減となり、
そして強力な『光魔法』や『神聖魔法』が使える能力だった。

成長すれば、魔法の『高速詠唱（ショートカット）』もできるようになったはず。

『悪魔化（デモナイズ）』は攻撃は強いかもしれないが、聖なる力に弱いだろう。

最強退魔師シェナさんなら、問題なく退けられたはずだ。

なるほど、それで真っ先にベルニカ姉妹を倒したということか。

多分不意でも突かれたに違いない。

シェナさんの『穢れなき聖域（イノセントワールド）』が発動していれば、悪魔の力を借りているコイツらは手も足も出なかったはずだ。

この『暗黒裂潰獄掌（ランパネイン）』という技もなかなか速いし強い力を感じるが、言ってしまえばそれだけだ。

弱点の多い攻撃なんて怖くない。

「『聖なる盾（ホーリーシールド）』っ！」

僕は無詠唱で『神聖魔法』を放つ。

それによって発現した光のシールドに、ゲルマドが撃ち放った黒い影はあっさり跳ね返された。

特別強力なシールドというわけでもないが、ゲルマドレベルの悪魔技なら、この程度の神聖力で簡単に防げる。

まあそもそもこんな攻撃喰らったって、どうってことないけどね。

悪魔の力なんて通用しないことを分からせるために、敢えてシールドを張った。

「なっ、無詠唱だと⁉　『勇者』じゃないのに何故っ⁉」

おっと、そうだ、『スキル支配』で『悪魔化（デモナイズ）』を強奪しておこうか。

レアスキル持たせたままだと面倒だしね。

「こいつっ！　ならコレはどうだ、『魔王の踏みつけ（イービルスタンプ）』っ！　……あれ？　力が使えないっ⁉」

これでゲルマドは無力になった。

いや、正確には『無力』じゃないけど、まあ『悪魔化（デモナイズ）』なしでは大した脅威じゃないね。

あっ、奪った『悪魔化（デモナイズ）』が、いつの間にか『天使化（エンジェリック）』に変わってる！

ゲルマドから僕のところに移ったからか。

やはり『魔王の芽（デモンシード）』がなんらかの影響を与えているんだな。

「この野郎っ、オレを止めてみやがれ！　お前を捕まえたらオレの勝ちだ！」

今度は『損傷再生』を持つザンダーが掛かってきた。

全員同時にきていいのにと思ったけど、同士討ちを考えるとそういうわけにもいかないのか？

それとも、僕なんかを相手に、そんなカッコ悪いことできないというヤツらのプライドかな。

まあそれなら順番に倒していくだけだ。

ザンダーはスキルのおかげで回復力は凄いけど、強さはそれほどでもないんだよね。

不死身の身体のおかげでダメージを怖がらずに攻撃できるから、そういった意味では手強くはあるけど。

『スキル支配』でいきなりレアスキル強奪もありだが、今後のために、彼らの能力も見ておきたい。

これほど想定外の成長をしただけに、魔王軍対策のためにも、敵の力を知っておくことは重要だ。思いもよらない力を隠している可能性もある。

マグナさん、シェナさん、すぐに治しますので、あと数十秒だけ待っててください。

ザンダーは一切防御を取らずに、僕に猛突進してくる。

近付いて、僕のことを一撃必殺といきたいんだろうな。拳闘士だし。

不死身ならではの捨て身の戦法だ。

ならいっそ、再生が追いつかないくらい破壊してみるか。

「『爆炎焦熱地獄（ゲヘナ・ボルケノン）』、『爆炎焦熱地獄（ゲヘナ・ボルケノン）』、『爆炎焦熱地獄（ゲヘナ・ボルケノン）』、『爆炎焦熱地獄（ゲヘナ・ボルケノン）』…………」

僕はデスメデューサたちを一掃した魔法を無詠唱で撃ちまくる。

「おぺろっ、へべっ、ほっぷ、おぼろぼぼおおおっ」

ザンダーはまるで修復が追いつかず、爆風でキリモミになって全身を踊らせる。

ザンダーには申し訳ないけど、その不死身具合を試したかったんだよね。

僕の『超再生』だと一瞬で完治（かんち）しちゃうので、実験ができなかったんだ。

前にザンダーの再生を見たとき、かなり酷い状態でも治ってたので、成長した今ならこれでも死なないと思うけど……

おお、すごい！　ちゃんと修復されていってる。

それも、以前よりもずっと速い再生速度だ。

なるほど、いいデータが取れた。

ということで、ある程度治ったところで、『スキル支配』で『損傷再生』を強奪する。

「ぐへっ、やるじゃねーかユーリ。だがこの程度の傷なんて……ん？　なんだ、なんで治らない？　んおおおおイテえええええええっ！」

修復が途中で止まったので、その怪我の痛みにザンダーがのたうち回りながら絶叫した。

『損傷再生』スキルは痛覚もほぼなくしてたので、それを奪われたらこの怪我じゃ激痛(げきつう)で当然。

　まあこれくらい修復されてればあとはエクスポーションでも治るので、とりあえずそこで大人しく悶えててください。

「このぉ～っ、ボクの無敵の『ミリムちゃん』で殺してやる～っ！」

　フラウのそばにいたゴーレムが、僕のほうへと走ってきた。

　コレはリーナスの『人形製作士(ゴーレムメーカー)』で作ったミスリルゴーレムか。確かに、解析した限りではなかなか強い。

　しかし、この程度で無敵とは言い過ぎだな。上には上がいることを知ったほうがいいだろう。

「リーナス、こんなガラクタが無敵だなんて思っているのか？」

「ガ……ボクの『ミリムちゃん』をガラクタだとぉっ⁉」

「不満かい？　なら君のそのオモチャと僕の部下、どっちが強いか戦わせてみよう」

　僕は黒ずんだ迷宮の砂から、レベル10『巨人兵創造』スキルで『砂軍人(サンドソルジャー)』を作る。

　大きさは体長二メートル二十センチ程度で、ゴーレムにしては細身な体型だ。

　リーナスのゴーレムは三メートルくらいなので、わざと可能な限り小さく作った。

『巨人兵創造』スキルの性質上、これ以上小型には作れないんだよね。

「おいおい、そんなチビ助とボクの『ミリムちゃん』を戦わせようというのかい？　ボクのはミスリルでできているんだよ？　ただの砂ゴーレムなんかに負けるはずがない」

　その『ミリムちゃん』というゴーレムが、銀のボディをメタリックに輝かせながら、木炭色の『砂軍人（サンドソルジャー）』に猛スピードで接近する。

　結構動きも速いな。いいゴーレムを作ったじゃないか。リーナスが自慢するのも分かる。

　そして二体のゴーレムがかち合い、お互いのボディにパンチを打ち込んだ。

「ヒャッハー！　『ミリムちゃん』のパンチで砕け散るがいい……い？」

　一撃必殺のミスリル製パンチが、僕の『砂軍人（サンドソルジャー）』の胸にめり込む。

　しかし、打ち砕くまでには至らない。

　砂のゴーレムとはいえ、『巨人兵創造』レベル10で作ったモノだ。

　たとえミスリルのパンチを打ち込もうと、『砂軍人（サンドソルジャー）』を破壊することは簡単ではない。

　逆に、重厚（じゅうこう）なボディを持つミスリルゴーレムの動きが止まった。

「『ミリムちゃん』？　あれ、なんで動かないの!?」

「リーナス、ゴーレムの強さは硬さやパワーだけじゃないんだ。動きを支える内部の魔導回路がしっかりしていないと、強い衝撃でエラーを起こしてしまう」

　スキルで簡単にゴーレムを作ってるから、魔導回路が精密（せいみつ）な術式で組み込まれてることとか知らないんだろうな。

　まあ僕も解析で知ったんだけどさ。

『砂軍人(サンドソルジャー)』の強烈なパンチによって、『ミリムちゃん』内部の魔導回路が損傷し、機能不全となったわけだ。

「そんなっ、たかが砂のパンチで、ミスリル製の『ミリムちゃん』が壊れちゃったっていうのか⁉」

「そういうこと。君の最高傑作なんてこの程度なのさ。未熟なうちは、ゴーレムの大きさなどよりも魔導回路の丈夫さに拘(こだわ)ったほうがいいよ」

　そう言いつつ、リーナスから『人形製作士(ゴーレムメーカー)』を強奪する。

「ちくしょーボクのことバカにして！　こうなったらたくさんゴーレム作って、数で攻めてやる！　僕は一瞬で数体のゴーレムを作ることが……あれ、ゴーレムが作れない、なんで？」

　これでゲルマド、ザンダー、リーナスの三人を無力化した。掛かった時間は四十秒少々か？

　残りはあと一人。

　ベルニカ姉妹を救うため、十五秒以内に最後のカインを倒す。

「ふん、やるじゃないかユーリ！　何やら妙な力を使ってるみたいだが、俺の魔剣『飢える者（レマルゴス）』には通用しないぜ」

カインの授かったスキルは『聖剣進化』だったはずだが、やはり『魔王の芽（デモンシード）』によって『魔剣変化』へと変わっていて、どうやら魔剣を作り出しているようだ。

つまり、ゲルマドの『天使化（エンジェリック）』同様、聖なる力が逆ベクトルに反転されている。

そうだ、『神遺魔法（ロストマジック）』の『虚無への回帰（ヴァニタス・エフェクト）』で、『魔王の芽（デモンシード）』の除去ってできないかな？

アレは様々な効果を解除可能なはず。ちょっと試してみるか。

僕は素早く詠唱して『虚無への回帰（ヴァニタス・エフェクト）』をカインに掛けてみる。

「お、なんだ？　……別になんともないぜ。いったい何がしたかったんだ？」

……だめか。

多分『悪魔憑き』なら解除できるんだろうけど、『魔王の芽（デモンシード）』はそれとは違って、魔力で肉体をまるごと改造しているような感じだ。

そう簡単には元に戻せそうもないな……

そのカインの持つ魔剣の解析は……打ち合った剣の能力を強奪するだって⁉

なかなか凄いな。なるほど、カインが自惚れるのも無理はない。

ただ、魔道具のランクとしてはそれほど高くは感じない。

僕の持つ『冥霊剣（エリュシオン）』はおろか、フォルスさんの聖剣『首落としの剣（ファーレンハルス）』よりも格は下だろう。

いや、『首落としの剣（ファーレンハルス）』は結構スゴイ聖剣なんだけどね。『冥霊剣（エリュシオン）』が凄すぎるだけで。

この程度の魔剣しか作れないなら、まだまだカインの能力は未熟だということだ。

正確には、カインが手に持っている間だけ通常の剣が魔剣に変化するというスキルなので、『作る』という表現は適切じゃないかもしれないけど。

「それじゃいくぜユーリ、俺の『飢える者（レマルゴス）』を受けてみろ！」

受けると能力を強奪するんでしょ？

まあでも、せっかくだから『冥霊剣（エリュシオン）』で受けてあげるよ。

ガキーン！

僕は特に強く振らず、カインの魔剣を軽く受け止めるように『冥霊剣（エリュシオン）』を合わせる。

「かかったなユーリ！　その剣の力はもらった！」

パッキャアアアアン！

「…………え？　なっ、ウソだろ⁉　俺の『飢える者（レマルゴス）』が……消滅した？」

『冥霊剣(エリュシオン)』の能力を奪おうとした魔剣が、簡単に砕けた。

多分、力の差に耐えきれず、自壊(じかい)したんだろう。

打ち合った相手の力を奪うというのは便利だけど、『飢える者(レマルゴス)』自体は大して強くない。

印象としては、ただの器用貧乏な剣という感じだ。

本物の聖剣には到底敵わないだろう。

「どうなってるんだ⁉　魔王様のお力で究極にパワーアップした俺たちが、ユーリなんかに歯が立たないなんて！」

「ああ、オレの『悪魔化(デモナイズ)』は『ナンバーズ』はおろか、もはや勇者メジェールすら相手じゃないはず。なのに何故だ⁉」

いや、メジェールにはまるで全然及ばないね。

相変わらずゲルマドはデカいことばっかり言ってるな。

まあメジェールが『眷女』になって超パワーアップしてること知らないだろうから仕方ないか。

ただ、カインたちが恐ろしく強くなっていたことには違いない。

この四人相手では、ルクでも危なかったかもしれない。

あのときルクが転移トラップに飛び込んでこなかったら、僕は合流できず、そしてみんなは全滅してたかも。

本当に紙一重(かみひとえ)の展開だった。ルクに感謝だな。

ということで、カインの『魔剣変化』＝『聖剣進化』を強奪して、四人との戦闘を終了した。

宣言通り、しめて一分。

「さすがユーリ！　大好きー！」

「お見事デス、ご主人様っ」

「見たかゲス野郎ども、これがユーリ殿の力だ！」

「ユーリ様、あの姉妹の治療を早く……」

「おっと、そうだった！」

僕に負けて呆然とするカインたちを尻目(しりめ)に、急いでベルニカ姉妹のもとに駆け寄り、二人に『完全回復薬(エリクシール)』をふり掛ける。

『神遺魔法(ロストマジック)』にも完全回復の魔法があるけど、詠唱する時間も惜しいからね。

マグナさんシェナさん、お待たせしてスミマセンでした。

「あ……うう……」

「ふう……ん」

二人に少しずつ意識が戻ってきた。

『完全回復薬(エリクシール)』といっても、一瞬で全快するわけじゃない。

これほどまでの重傷だと、さすがにちょっと時間が掛かるようだ。

「ユーリ、この場は引き下がってやるが、次に会ったら必ず殺してやる！」

「ああ、残念だが、今日は調子悪いから仕方なく帰るんだ、感謝しろ」

「変な力使いやがって！　お前など、あのお方の足元にも及ばないぜ。始末されるその日まで、せいぜい頑張って生きるんだな」

「『ミリムちゃん』の仇(かたき)は絶対に忘れないぞ！」

「え⁉　ちょっと待って、勝手に帰られちゃ困る……あっ！」

カインたち四人がいきなり消えた。

アレだ！　『剣聖』イザヤたちと同じく、『転移石』を使ったんだ！

帰るっていったいどうするのかと思ったら、まさか『転移石』を持ってたなんて……！

迷宮では使えない場所もあるけど、ここは問題なかったようだ。

『転移石』は設定したベースポイントに戻るというアイテムだが、恐らく僕の持つ『転移水晶』と同じで、迷宮内で使った場合は地上に出るだけだと思う。

なので、僕も『転移水晶』を使えばカインたちを追えるが、まだこの迷宮を出るわけにはいかない。

一度外に出てしまうと、ここまで戻ってくるのにまた数日掛かってしまうからだ。

……待てよ？

ヤツらが『転移石』を持っていたということは、まさかイザヤたちはエーアストにいるのか？

『ナンバーズ』のフォルスさんですら持っていなかった希少アイテムだ、イザヤたちからもらった可能性は高い。

もしくは、ヴァクラースが持っていたということも考えられるが……最悪の事態を考えて、イザヤたちはエーアストに行ったと想定したほうがいいだろう。

『魔王の芽（デモンシード）』の謎を解く前に逃がしてしまったのは悔しいが、しかし彼らのレアスキルは奪っておいたので、戻ったところで大した脅威とはならないはず。

それより、あいつら任務は失敗したしレアスキルもなくなったしで、役立たず扱いされてヴァクラースに始末されなきゃいいが……

ちなみに、奪ったスキルはあとで返せるけど、またスキルレベル1から育てなくちゃいけないので、ショックを受けるかもなあ。

スキルを奪われたことにも気付いてなかったようだし、帰ってから愕然（がくぜん）とするだろうな。

まあ彼らは以前から傲慢だったので、レアスキルを失った無力さを知って改心してほしいところだ。

ただ一つ困ったのは……奪ったスキルを返すと、僕からスキルが消えちゃうんだよね。

『人形製作士(ゴーレムメーカー)』と『損傷再生』はそれの上位スキルを持ってるし、『聖剣進化』も『冥霊剣(エリュシオン)』があるからいらないけど、『天使化(エンジェリック)』は僕もほしいなあ。

結構強いスキルだよな。SSランクだし。

奴らを無力化するため、あまり深く考えずに強奪しちゃったけど、『天使化(エンジェリック)』だけはスキルコピーのほうがよかったかも。

コピーなら、スキルを返さずに済んだもんね。

『スキル支配』は一人に対して一回しか使えないので、スキルを返したあと改めてコピーするとかができないんだよね。失敗した。

ま、色々とイレギュラーが起こったので、最善の選択肢を選べなかったのは仕方ない。

みんなが無事だったことこそ一番大事だ。

「あ……アタシ、生きてる⁉」

「うーん……姉さん？　……あれ、私ってばどうしたんだっけ？」

ベルニカ姉妹が意識を取り戻したようで、ゆっくりと身体を起こして周りを見回す。

「あれ……魔王？　いつの間に戻ってきたの⁉　良かった、合流でき……そうだわ、思い出した！　私、あのエーアストの神徒にいきなり斬られたんだった！　あいつらはどこ⁉」

「シェナ、アイツらはエーアストの神徒なんかじゃない。魔王の手下だったよ」

「・・魔王の手下？　ってことは、ユーリの部下(こいつ)ってこと？」

「違う。ユーリは魔王なんかじゃなかった。アタシらが間違っていたんだよ」

「ええっ⁉　どういうことなの？　何がなんだかまるでちんぷんかんぷんだわ、ちゃんと説明して！」

　シェナさんが意識を失っている間に起こったことを、みんなで説明した。

「そういうことだったのね……ビックリだけど、なんか納得できるわ」

「ユーリ、お前を信じてあげられなくて本当にすまなかった。そして、アイツらを撃退したんだな。さすが魔王……じゃなかったユーリだ」

　もうすっかりベルニカ姉妹の誤解は解けたようだ。

　傷も完全に治り、元通り元気になっている。

「いえ、別にいいんですよ。二人とも回復できて本当に何よりです。みんなが無事だったのは全部ルクのおかげだ、ありがとうルク！」

「ンガーオ！」

　ルクが得意気な顔で頭を出してきたので、たっぷり撫でてあげる。

「考えてみれば、魔王じゃないなら私の退魔の力が通用しなくて当然よね。もっとしっかり考えるべきだったわ」

「っていうより、ユーリ、お前が強すぎるのがいけないんだ。冥王竜をテイムできるヤツがいるなんて、絶対に思えないだろ！」

「ええっ⁉　なんかゴメンナサイ……」

「冗談だよ。お前が……ユーリが人類の味方で本当に良かった」

「それはいいけど、おばさんたち、ユーリ殿には惚れないでくれよな」

「そうですわね。うっとうしい小バエに纏わり付かれると目障り（めざわ）りですし」

ベルニカ姉妹といい雰囲気になってきたところで、ソロルとフィーリアが茶々を入れる。

憎まれ口を叩いてるけど、フィーリアはベルニカ姉妹のことをすごく心配してて、僕に治療を急がせたんだよね。

ほかのみんなも治療が間に合ってホッとしてたくせに、ほんと素直じゃないよな。

「あんた本当にエーアストの王女様だったんだな。こんな性格の悪い王女がいるなんて、ユーリが人間だったことよりも信じられないぜ。心配しなくても、年下なんて恋愛対象になんねーよ。な、シェナ」

「え？　ああうん、そ、そうね、なんとも思ってないわよ？」

「なんか怪しいデスね。どうして顔を赤くしてるのデスか？」

「シェナさんはウソをついてますわよ。わたくしの目はごまかせませんわ」

「なんですって⁉　ユーリに手を出したら許さないんだから！」

「お、おいシェナ？　マジか⁉」

「待って、違うの！　いや違わなく、じゃなくって！　もう私の心を読まないでよっ」

うんうん、みんな打ち解けて女子会に花が咲いてるな。

微妙に空気が張り詰めてる気がするけど、触らぬリノたちにたたりなし。放っておくことにするか。

それにしても、カインたちクラスメイトの成長には心底驚かされた。

『魔王の芽』か……アレをほかのクラスメイトたちにもやられているとなれば、かなり強力な軍団を作られてしまったことになる。

恐らく、イザヤたちも汚染されていると考えたほうがいいだろう。

そしてヴァクラースだ。

魔王の復活が近付くにつれてさらに強くなるだろうとは想定していたけど、当初の予想を大きく上回っていると思ったほうがいいな。

以前ヴァクラースはレベル５２０だったが、もう数値に意味はないだろう。

過去の魔王軍との戦いについては色々な逸話が残っているが、今回はかつてないほどに強いのではないだろうか。

どうも今までとは違う気がしてならない。

過去の大戦では両軍五分の戦力で戦ってきたはずだが、今回はパワーバランスが明らかに魔王軍に寄っている。

始動するのも早かった。

こちらの対魔王軍戦力がまったく育たないうちに、先手を打たれて押さえ込まれてしまった。

こんなパターンは伝承（でんしょう）には一切残っていない。

伝え聞いた限りでは、お互い同じように戦力が整ってからぶつかっている。

魔王が誕生して以来、人類とは幾度となく戦いがくり返され、そして封印される度、魔王の力もパワーアップしていったということなのか？

いやむしろ、あんな魔界の力を持つヤツらに、人類が必ず勝ってきたことのほうが僥倖（ぎょうこう）なんだ。

今回こそが正しいパワーバランスなのかもしれない。

まあ答えの出ないことだし、考えても仕方ないか。

今はエーアスト決戦に向けて準備をするだけだな。

「あれっ、私ってばスゴイ経験値が入ってる！　戦ってないのにどうして⁉」

回復後のステータスをチェックしていたシェナさんが、驚きの声を上げる。

「あ、ホントだ！　アタシもめっちゃ経験値入ってるわ。おいおい３０００万近くあるぞ！　こんなとんでもない経験値なんて初めてだ！」

「この迷宮では、魔王（ユーリ）の戦闘を見てただけだから気付かなかったわ。何故こんなに経験値が入ってるのかしら？」

「……分かった！　これ、ユーリとアタシたちがチーム扱いだったのね！」

「なるほど、この迷宮でユーリが超強敵を倒しまくったから、私たちにも経験値が分配されたってこと！」

「そっか……アタシたちとっくに『仲間』だったんだな」

どうやら知らない間に、ベルニカ姉妹と僕たちはチーム扱いになっていたようだ。

パーティーメンバーとして意識を統一する以外でも、同じ目的同士で行動するとチーム扱いになったりするけど、今回はそれで経験値が分配されたんだと思う。

ただ近くにいるだけでは分配されないからね。

この経験値で、リノたちもまた大きくパワーアップできるはずだ。

迷宮を脱出後にゆっくり使い道を検討したいところだけど、こんなハプニングがあっただけに、今すぐスキルアップしてしまおう。

ということで、リノは『刃術』と『敏捷』スキルを優先的に上げて、その二つを融合して上位スキル『滅鬼（めっき）』を作った。

ある種のスキルはレベル10になると、スキル同士を融合させることができる。

この『滅鬼』は僕も持ってるけど、近接戦闘にめっぽう強いスキルで、たとえ大勢に囲まれようとも生半可なことでは捕まらない。

ほか、『回避』や『見切り』なども含め、全体的にスキルの底上げをした。

ソロルは『剣術』と『器用』を上げ、融合スキル『斬鬼（ざんき）』を習得した。

これは超絶の剣技を繰り出せるスキルだから、今後ソロルが剣で後れを取ることはそうはないだろう。

フィーリアは『魔力』と『魔術』を上げ、融合スキル『魔導鬼』にした。

これで総合的な魔法力が大きく底上げされた。

余った経験値で、『高速詠唱（ショートカット）』や『属性魔法』、『光魔法』などのレベルも上げている。

今まで『闇魔法』ばかり育てていたけど、ほかの魔法の重要さにも気付いたようだ。

フラウは『弓術』と『精密』を上げて、融合スキル『閃鬼（せんき）』にした。

これは狙撃（そげき）能力が非常に優れたスキルで、『月神を喰らう弓（マーナガルム）』と合わせれば、超長距離狙撃も可能だろう。

フラウは『神聖魔法』も持っているから、そっちを上げるか少々悩んだが、回復については『完全回復薬（エリクシール）』もあるので、今回は戦闘能力を優先することにした。

攻撃は最大の防御とも言うしね。

今回のこの強化で、リノたちの強さは『魔王の芽（デモンシード）』のクラスメイトたちにも引けを取らなくなったはずだ。

今度はそう簡単にやられるなんてことはないだろう。

僕たちが強化している間に、ベルニカ姉妹もそれぞれ必要なスキルアップを終えたようだ。

かなり強化できたらしく、二人とも大満足な表情をしている。

「いや～めっちゃパワーアップできたわ！　あんたのおかげよ。改めてよろしく、ユーリ！」

「私もよろしくね、ユーリ！」

「こちらこそ！」

「待って、握手はしちゃダメ！」

「そうですわ、年増がユーリ様に触れるなんて図々しいですわよ」

ベルニカ姉妹と握手を交わそうとしたところ、リノとフィーリアがそれを阻止した。

「おいおい、面倒くさい小姑がいるぞシェナ、ユーリのことは諦めたほうがいいんじゃないか？」

「姉さん、私は別に……んー分かったわ、認めます。私はユーリのことが好きになっちゃったわ。でもそれは自由恋愛でしょ、魔王ガールズさん？」

「こぉのアバズレ姉妹っ、ユーリ様にさんざん楯突いておきながらいけしゃあしゃあと……！」

「そうよ、それに私たちは小姑じゃないわよ、『妻』なんだから！」

「お前たち姉妹とは、一度決着をつけねばならないようだな」

「そうデス！　超強化したワタシの弓術が黙ってマセンよ！」

リノたち四人が、開き直ったようなベルニカ姉妹に対して怒りの炎を燃やす。

あーなんか凄いことになってきたな。この六人が戦ったら大惨事になるぞ。

お願いだから仲良くしてください……

そういえば、マグナさんとシェナさんには『眷属守護天使』が反応しないな。

彼女たちが『眷女』になってくれたら心強いと思ったんだけど。

ちょっと残念だけど、ベルニカ姉妹が仲間になってくれたので大きく前進することができた。

魔導国イオとの交渉も、二人がいればスムーズにいくかもしれない。


本当に色んなことがあった一日だった。

迷宮踏破まであともう少しだ、頑張ろう！

絶対に『魔王を滅するカギ』を手に入れ、ヴァクラースたち魔王軍を叩き潰してやる！

あとがき

この度は、文庫版『無限のスキルゲッター！３　毎月レアスキルと大量経験値を貰っている僕は、異次元の強さで無双する』をお手に取っていただき、誠にありがとうございます。作者のまるずしです。

第１巻では様々な出来事によって主人公ユーリの人生は大きく変わり、第２巻では大量の経験値と超レアスキルを取得して最強へと成長しました。

そしてこの第３巻では、受け身に回っていたユーリがいよいよ行動を開始。執筆したのはもう三年以上前になるのですが、当時色々悩みながら書いたことを思い出します。

魔王の軍勢に対抗するために人間の国を攻め落とす——これは最初から考えていた展開なんですが、その理由付けがちょっと強引だったかなと……。ユーリの魔王としての行動も、読者の方が共感できなかったら、ただの嫌なヤツになっちゃいますし。

一応、なるべく違和感が出ないよう頑張って味付けしたんですが、説得力が少々足らなかったかもしれません。でも、人類のためにあえて悪役（ヒール）となって、必死に魔王軍に立ち向かっていくユーリたちを楽しんでいただけたらと思います。

第3巻の目玉としては、巨大ロボット（?）対決があります。男の夢ですよね。ね？

中西達哉先生が超カッコイイ『破壊の天使（メタトロン）』を描いてくださいまして、我ながらめちゃくちゃテンション上がりました。表紙とか最高です。

ユーリにはこれで巨大ドラゴン、巨大ロボ、従者の猫という三つのしもべが揃ったわけですが、実はこれには元になったモデルがあります。勘のいい方はピンと来てるかも？

そのほか、気付いた方もいらっしゃるかと思いますが、小説『無限のスキルゲッター！』は毎回表紙のヒロインが変わります。第5巻までに、なんと合計十人出てきます。

これも自分が気に入ってるところで、各巻ごとに描かれる可愛いヒロインたちを見てもらえたら嬉しいです。


最後になりますが、本作を刊行するにあたりご尽力いただいた関係者の皆様、コミカライズを担当してくださっている海産物先生、そして数々の素晴らしいイラストを描いていただいた中西達哉先生に、心より感謝いたします。

読者の皆様と次巻でもまたお会いできれば幸いです。

二〇二四年三月　まるずし

ネットで人気爆発作品が続々文庫化

アルファライト文庫 大好評発売中!!

転生して付与された〈錬金術師〉〈支援魔術師〉は
異世界最弱職!?
でも待てよ、この職業……
育成次第で最強になれるかも!?

不遇職とバカにされましたが、実際はそれほど悪くありません? 1～5

1～5巻 好評発売中!

カタナヅキ KATANADUKI　illustration しゅがお

もふもふを仲間にし、オリジナル技を考案!
不遇職の俺、意外と異世界生活を満喫中!?

0歳の赤ちゃんの状態で異世界転生することになった青年、レイト。王家の跡取りとして生を受けた彼だったが、生まれながらにして持っていた職業「支援魔術師」「錬金術師」が異世界最弱の不遇職だったため、追放されることになってしまう。そんな逆境にもめげず、鍛錬を重ねる日々を送る中で、彼はある事実に気付く……。最弱職からの異世界逆転ファンタジー、待望の文庫化!

文庫判　各定価:671円(10%税込)

アルファライト文庫

この作品に対する皆様のご意見・ご感想をお待ちしております。

おハガキ・お手紙は以下の宛先にお送りください。

【宛先】

〒150-6019 東京都渋谷区恵比寿 4-20-3 恵比寿ガーデンプレイスタワー 19F
（株）アルファポリス　書籍感想係

ご感想はこちらから

メールフォームでのご意見・ご感想は右のＱＲコードから、
あるいは以下のワードで検索をかけてください。

本書は、2021 年 12 月当社より単行本として
刊行されたものを文庫化したものです。

無限のスキルゲッター！ 3
毎月レアスキルと大量経験値を貰っている僕は、異次元の強さで無双する

まるずし

2024年 3月 31日初版発行

文庫編集－中野大樹／宮田可南子
編集長－太田鉄平
発行者－梶本雄介
発行所－株式会社アルファポリス
〒150-6019東京都渋谷区恵比寿4-20-3恵比寿ガーデンプレイスタワー19F
TEL 03-6277-1601（営業） 03-6277-1602（編集）
URL https://www.alphapolis.co.jp/
発売元－株式会社星雲社（共同出版社・流通責任出版社）
〒112-0005東京都文京区水道1-3-30
TEL 03-3868-3275
装丁・本文イラスト－中西達哉
文庫デザイン—AFTERGLOW
（レーベルフォーマットデザイン－ansyyqdesign）
印刷－中央精版印刷株式会社

価格はカバーに表示されてあります。

落丁乱丁の場合はアルファポリスまでご連絡ください。

送料は小社負担でお取り替えします。


ISBN978-4-434-33580-8 C0193